ラルーナ文庫

夜明け前まで

～仁義なき嫁番外～

高月紅葉

三交社

CONTENTS

Illustration

小山田あみ

夜明け前まで

～仁義なき嫁番外～

本作品はフィクションです。
実際の人物・団体・事件などにはいっさい関係ありません。

1

真幸《まさき》は、自分の指先を見つめた。

午後の日差しが足元に降り注ぎ、満開の桜がちらちらと舞い落ちる。木々の上空には風があるのだろう。

真幸が腰かけているガードレールのあたりは無風だった。

いつでもそうだ。見あげている空の景色が変わっていくように、すべてのものごとは音もなく移りゆき、真幸は置き去りにされた。悲しいと思ったことはない。そうやって生きてきたのだ。

「ごめんなさいね。お待たせしました」

携帯電話をカバンへ戻しながら、大橋知佳《おおはしともか》はおっとりとした微笑《ほほえ》みを浮かべた。もちもちとした肌は肉づきが良く、粉をまぶした餅《もち》のようだ。髪は低い位置でまとめてある。童顔なのは目鼻がどれも小さいからで、全体の印象は実年齢通りの四十歳手前に見えた。化粧が地味で、口紅の色も薄い。

「ええっと、駅はどっちだったかしら」

「向こうです」

真幸は駅へ続く道を指さした。片手に提げた紙袋の中には、フラワーアレンジメントが入っている。

今日はカーネーションのみを使ったラウンドタイプの講習だった。

「真幸さんもずいぶんとうまくなったね」

袋の中をちらりと見た知佳が笑う。

フラワーアレンジメントを知佳に教わり始めて今年で三年になる。右も左もわからなかった頃に比べれば体裁も整い、店に並べる商品としても申し分のない出来だ。

「いつまで続けるの？」

のんびり歩く知佳が、桜の並木を見あげて言った。たいして興味はなさそうなくちぶりだったが、真幸の胸には鋭く突き刺さる。

答えを迷っているうちに、大通りへ続く道へ出た。知佳が質問を繰り返すことはない。真幸の沈黙はそのまま回答になり、ふたりは黙って道を歩いた。

知佳がどう思っているのかはわからないが、真幸にとっては楽だった。顔を合わせるのは年に数回、電話がかかってくることはあったが、世間話はしない。

距離を詰めようとか、仲良くなろうとか、そんなことは考えない間柄だ。

「渋谷《しぶや》って好きになれないのよね」

愚痴さえもほのぼのとつぶやく知佳の声を聞きながら、真幸は別のことに気を取られていた。大通りの騒がしさだ。思わず後ずさったのは条件反射だ。忘れていた感覚がよみがえり、身体《からだ》に刻み込まれた陰鬱《いんうつ》さにめまいがした。

知佳からいぶかしげに見られ、真幸は強張《こわば》った表情のまま、くちびるを引き結んだ。

近づいてくる喧噪《けんそう》は、口々に叫ぶ声だ。ビルの間に先導の警官が見え、やがてプラカードを持った行列が現れる。

「あぁ、デモやってるんだ」

眉《まゆ》をひそめた知佳の脇《わき》を、面倒そうな表情の若者が引き返してくる。背後を追うようなシュプレヒコールは、独特の熱気をたぎらせていた。本来なら外へ放たれるはずのエネルギーは内側へ向き、騒がしさに気を引かれて足を止めた人々も、次の瞬間には目をそらす。

「なんだっけ。いま、話題になってる……アレよね」

「向こうから行きませんか」

声をかけて、知佳を促した。脇をすり抜けていった若者と同じように、来た道を引き返して、遠回りになる裏道へ入った。

ラブホテル街を意図して避けると、隣に並んだ知佳が笑い声をこぼした。

「そっちが近いことぐらい知ってるわよ。それに、どぎまぎするような年齢《とし》じゃない。……連れ込んだりしないけど？」

柔らかな声であけすけに言われる。だからといって、いまさら引き返せず、そのまま道を歩いた。

「ねぇ？　美園《みその》さんはお元気？」

「会ってないんですか」

「用がないわ。こっちに来ても忙しそうだしね」

「僕もめったに会いません」

「店に顔を出してくれるんでしょう？　そういうマメさがあるわね……」

男の性格を知っているくちぶりだ。それもそのはずで、スナックのホステスだった知佳は、美園浩二《こうじ》からの出資を受けて店を辞めた。ふたりの仲は勘ぐるまでもない。

手切れ金で花屋を開き、フラワーアレンジメントの教室も併設して生計を立てているのだ。

「わたしのところには、もう顔を出さないわよ。そういう仲じゃない」

ピシリと言っても、物腰は柔らかい。

「あのひとって、元から相手のことなんて見てないのよ。ほかの男とおんなじ。外面の理想ばっかり眺め回して、慣れてきたら飽きちゃう。騙《だま》されたとか、捨てられたとか、そんなふうに言って泣く女にもあきれるけど、ごっこ遊びでストレスを発散させられる男ってのも、たまったもんじゃないわ」

うなじのおくれ毛を撫《な》でた知佳の指は、赤ん坊の指のようにふっくらとしている。なのに、どこか色めいてつやっぽい。

この手を気まぐれに握りしめた男のことを、真幸は考えるともなく想像した。苦み走った風貌《ふうぼう》の美園は、荒い関西弁を使う男だ。生まれも育ちも大阪で、いまも大阪に住んでいる。

ときどき仕事で上京してくるが、真幸に連絡が入ることはまれだった。ふらりと現れ、吹き抜ける風のように消えてしまう。

「だいじなひとがいるんだって、聞いたわ」

知佳の言葉で、背中に緊張が走る。気づかれない程度のわずかな反応だったが、握りしめた手の内はまたたく間に汗ばんだ。

答える言葉は見つからず、真幸はまた黙り込む。

知佳は気にしなかった。初めて会ったときからそうだ。

興味本位で首を突っ込めば最後。奈落《ならく》へ落ちるしかないとわかっている。その察しの良さで、彼女は真幸との間に安全柵《さく》を巡らせた。真幸の過去を知ろうともせず、現状を確認することもしない。

美園の部下から、フラワーアレンジメントを教えてやってくれと引き合わされたとき、知佳がほんの一瞬だけ浮かべた憐憫《れんびん》の表情がすべてを物語っていた。

同じ男から出資を受けていても、真幸はただの雇われ店員に過ぎず、自分の店として切り盛りする知佳とは根本から違っている。

「あのひとに好かれたら大変よね」

知佳の声色がふっと沈む。真幸は表情を見ようとした。

思わず視線が合う。そこにあるのはやっぱり憐《あわ》れみだ。お世辞にも美人とはいえない知佳の顔が、生々しく色めいて見えた。

美園の心に住む相手のことを、本人から聞いたとは考えにくい。側近のだれかが知佳に話しているのだろう。彼女の店に美園は足を向けない。でも、息のかかった人間は差し向けている。その相手と知佳がどういう関係を結ぼうと、美園は気にもかけない。

金を払って清算すれば、美園にとって女との仲はもう過去の関係だ。恋でも愛でもなく、情さえも乏しい男だった。気まぐれで傲慢《ごうまん》で、差別的で、粗野で乱暴。けれど、そういった短所がすべて魅力的に思える。自然界的なヒエラルキーの中で、彼は頂点に立つ存在だ。強いオスの匂《にお》いがする。

「真幸さんって、本当に無口ね」

知佳がそっけなく言う。真幸はそれにも答えなかった。

口を開けば発言に責任が生まれる。失言は大罪だ。どんな些細《ささい》なことでも、言葉尻《ことばじり》を捕まえて問い詰められてきた。口ごたえや言い訳は許されず、ひたすら反省させられる。

泣けばなじられ、その上で自分自身の弱さを批判するように求められた。

「おしゃべりな女は嫌いなひとだしね。でも、本人はそうでもないじゃない？　ときどき、すごくはしゃいだりするし。自分勝手なひとだけど、その分だけ、さびしいのかもしれない……とかね、考えたりもしたけど」

視線を向けられ、真幸は顔を背けた。

「美園さんって、心がからっぽなのよ。隙間風《すきまかぜ》が吹いてるって感じがしない？」

たたみかける言葉のあとに、女の細いため息が続く。

真幸はますますくちびるを引き結んだ。歩を速める。

美園の心がからっぽなのは、盗んで消えた相手がいるからだ。それが彼の『だいじなひと』だった。それは、真幸も知っている。

「待って」

小走りで追ってくる知佳に腕を摑《つか》まれた。

「怒ってるの？」

「どうしてですか」

「美園さんを悪く言ったように聞こえた？　それなら、ごめんね」

簡単に謝る知佳を、真幸はまっすぐに見つめ返した。

心の中で、忘れ去りたい記憶が声をあげる。

『謝罪になんて意味はない。誤りを認めるのなら、自己を対象化して批判しろ。その過程をなくして、真の自己確立などありえない』

背を向けたばかりのデモの行列が二重写しに思い出される。

真幸はゆっくりとまばたきをして、知佳へ向けた非難の目を隠した。

「やきもちかしらね。終わったことなのに、みっともない。真幸さん、今日はここで……。それじゃあ」

柔らかな指が離れ、知佳はさっと身を翻す。

とっさに背中を目で追うと、カバンから携帯電話を取り出していた。小走りなら追いつく。けれど、もう遠い。

実際の距離は問題じゃなかった。ふたりの間には、それ以上の隔たりがある。

美園との関係だけが理由じゃない。

電話で話しながら遠ざかっていく知佳の背中はまったくの他人に見えた。投げた視線はいつしかぼんやりとして、景色がかすんでいく。まばたきを繰り返した真幸は、しばらく立ち尽くしていた足をのろのろと動かした。重い足を引きずるようにして駅へ向かう。

沈んだ心に、街を一巡した行列の声が飛び込んでくる。駅前に出る間際で真幸は身をすくませた。

現実と過去が交錯する。記憶の多くは男たちの怒号だ。ときどき金切り声が混じり、人々は喧々囂々《けんけんごうごう》と自論をまくし立てる。

論じることの中身よりも、声の大きさと勢いが大事だった。相手を怯《ひる》ませ、黙らせることができれば、勝敗は決する。

援護を気取った野次が飛び、眺めているだけの真幸は幼い膝《ひざ》を両腕で抱えた。

テーブルを両手で叩《たた》いた父親がイスを蹴《け》って立ちあがる。母親のくちびるの端に、拭《ぬぐ》う暇もない泡が見えた。

ひとりの男がふらりとやってきて、真幸の隣に腰かける。

とりたてて感じるものはなかった。数年後、彼の籍に入り、義理の親子になるとわかっていても、やっぱりなにも感じなかっただろう。

真幸の手から紙袋が滑り落ちる。声を張りあげている行列の中に紛れて、その男はいた。キャップを深くかぶり、マスクをしていても、真幸には背格好でわかる。

出会ったときのことを覚えているだけでも嫌悪感が募るのに、まだ群衆に混じった姿を判別できるなんて悪夢だと思う。しかし、それが現実だ。

男の名前は伊《い》藤《とう》。最後に会ったのは三年前。

幾度となく真幸を金に換えた義父は、見切りをつけたかのように、ある日突然、息子を売り飛ばした。二十代半ばの男なんて、たいした金にはならなかっただろう。

伊藤の方も真幸を認識したようだったが、行列から飛び出してくることはない。驚いた顔はすぐに取り繕われ、なにごともなかったかのようにプラカードを突きあげる。

真幸はすぐにその場を離れた。取り落とした紙袋のことは、家に帰るまで思い出さなかった。

＊＊＊

華やかに咲いていた大通りの桜が散り、芽吹いた新緑が春風にそよいでいる。猫もあくびをする、のどかな午後。

配達を終えた真幸が人通りの少ない路地に入ると、大通りに流れるエンジン音も遠のいた。

完全予約制のフラワーアレンジメント販売は、大衆的ではない特注品を好む高級住宅街のニーズに合致していた。週に一、二度、新しいアレンジメントを届け、以前の物を回収する。販売戦略を立てたのは美園だ。正確には、彼の周囲にいる人間だろう。

仕入れは隣町の大型店が代行し、月々のアレンジメントは知佳が提案してくれる。初めは見本と同じものを作るだけだったが、開店して一年後には、顧客から臨時の注文が入るようになった。でも、商いは小さいままだ。

大きくすることは許されていないし、真幸の生活範囲は店のある住宅街に限定されている。無理に収益をあげる必要もなかった。

高級住宅街に溶け込むようにリフォームされた店は、大昔に行われた区画整理を逃れた空き家で、街の景観を損なうお化け屋敷だと不評の的になっていたらしい。周囲の地価が高いだけに、賃貸でさえ家賃の折り合いがつかないと噂《うわさ》されていたことも、顧客のマダムが教えてくれた。

一階を店舗と事務所が占め、二階には1LDKの住居スペース。外観は、カントリーナチュラルで、生成り色の壁に沿って白いホーローバケツが並んでいる。

値段をつけていない切り花が無造作に投げ込まれ、飾り窓に置かれたアレンジメントと黒板に書いた店名だけがかろうじて商売を主張していた。

焦げ茶色の木製ドアの鍵《かぎ》をあけ、営業札を『OPEN』に返す。

パイン材と白壁の店内は、こざっぱりとしていて明るく、花の保管ケースは置かれていない。店舗というよりは作業スペースだ。店内のほとんどを中央に据えられた作業台が占め、壁の棚には知佳が見本として作った造花のアレンジメントが飾ってある。

花の保管ケースや流し台などは、扉で仕切られた先の事務所スペースに置かれていた。

回収してきたアレンジメントを持ったまま、棚に並べてあるミネラルウォーターのペットボトルを掴んだ。グラスを出さず、直《じか》に飲みながら、アレンジメントの入った紙袋をテーブルに置く。

壁のコルクボードに貼《は》られた注文表を確認した。

今週の定期注文は十二件。すでに半分以上を終えている。

今日は一件、臨時の注文が入っていた。贈答用のアレンジメントで、夕方頃来店の予定だ。

色の指定はなかったが、贈り先が若い女性でパステルカラーが好きだと聞いていたから、ピンクのスイートピーを仕入れておいた。

午前中に用意した花かごを店舗へ移動させる。スイートピーに合わせて、淡い色のラナンキュラスとカーネーション、それから葉物をいくつか。

容器を選び、水を含ませたオアシスを固定する。オアシスとは給水性と保水性に優れた固いスポンジのことで、水を吸わせてから花の茎を挿してアレンジメントを作っていく。

店を任されたときは、花の名前も知らず、何回か講習を受けただけの素人だった。知佳の見本とまったく同じものを作るだけでも四苦八苦して、恐ろしいほど時間がかかった。

それでも、静かな作業スペースで黙々と行う作業が性に合っている。集中すれば、雑多なことはすべて忘れることができた。

花を選び、鋏《はさみ》を握る。長さを決めて枝を切り、迷わずオアシスへと挿し込む。まるで小さな花園だった。なのに、茎を挿すたびに真幸の心は感情をなくしていく。

固く閉ざした蕾《つぼみ》や、柔らかな花弁がひしめき合う一方で、濃い緑色のオアシスはひっそりと貫かれる。

幸せを予感させる明るい色彩に覆われ、調和がすべてを包み隠す。アレンジメントの創造主がどんな人間であっても、セオリーに乗っ取ってさえいれば、構築されている花園が破綻《はたん》することはなかった。

真幸の手で造り出された小さな世界観は、この住宅街で暮らす上流階級の家庭に入り込み、幸福で満たされたリビングを違和感なく彩る。

手にしたカーネーションを挿し込んでから、真幸は大きく息を吐き出した。

集中力が途切れ、強くまぶたを閉じる。

忘れようとしても、忘れられるはずはなかった。自分の人生のすべては、発狂でもしない限り、永久について回る。

不調和のダークトーンでしか構成されなかった矮小《わいしょう》な人生だ。淀《よど》みが影響しないように、躍起になって完成させたアレンジメントは、いつでもいっそう明るく繊細に調和した。裏腹だ。真幸が薄暗く小さな存在であるほどに、手で持てるほどの小さな花園は幸福で満ちる。

しかし、ここは普通の店じゃない。秘められた『仕掛け』は簡単だった。

先月も一件あった。その先々月に二件。

小商いだが、途切れることなく続いている。優雅に咲き誇る花に埋もれ、ひそかに取引される物。それは無機質で無骨な鉄の塊、拳銃だ。

豪邸に住み、不自由なく暮らしているはずの奥様たちは、なに食わぬ顔で『重いアレンジメント』を受け取った。真実を知らないはずはない。

幸福しか存在しないような邸宅にも、闇《やみ》はある。内容を知ってか知らずか、彼女たちはそれを受け取り、どこかへ運ぶ。その数日後には、いつもの穏やかな笑顔で『軽いアレンジメント』を受け取るのだ。

密売の詳細は真幸も知らなかった。ただ、アレンジ用の花器とともに送りつけられる防水加工の梱包《こんぽう》に合わせ、オアシスに加工をする。そして、花を挿し込んでいくだけだ。中身そのものは見たことがないから、どんな種類の拳銃なのかもわからない。ずっしりとした重さで本物だと思っているに過ぎなかった。

今日は普通のオアシスだ。カーネーションとラナンキュラスで土台を作り、ピンク色のスイートピーを切り分けて全体的な動きを出す。

スイートピーという花は特殊で、切り花になるまでは自立していない。巻きひげを他のものに絡ませて伸びていくのだと、真幸もフラワーアレンジメントを作るまでは知らなかった。

マメ科の植物で、本来なら花のあとで豆さやが出来る。

花びらは蝶《ちょう》がはばたくような形をしていて、ふちは繊細なレース状のヒダになっていた。

それを女の身体の一部のようだと嘲笑《ちょうしょう》した男がいる。

向かい合った薄い花びらの隙間をいじった太い指先を思い出し、真幸の身体はびくりと震えた。

蘭《らん》の花を見ても同じことを言う男だ。花を女に見立てたように、花にするのと同じ乱暴さで女を踏み散らしてきたはずだ。

淫雑《いんざつ》で粗野な行動を平気でする下品な男だが、そうとわかっていて女は彼に引き寄せられる。人に媚《こ》びることを知らない広い肩と背中には、悪の色気があった。もしも女の中に被虐を好む一面があるなら、彼のような男に身も心も乱されたいと願うに違いない。

真幸は手を止めたまま、宙を見据えた。

自分は『花』じゃない。女のように繊細な花弁は持ち合わせていないし、散らして美しいものでもなかった。

それでも、あの男は強引に腕を掴み、首筋を押さえつけてきた。腰にのしかかられるのは、苦痛でしかない行為だ。

陵辱されたと自覚することさえ許さない激しさを思い出すと、鋏を持つ手はぶるぶると震えた。

圧倒的なほど強いオスに組み敷かれる恐怖にくちびるを噛《か》みながら、ほぼ同時に湧《わ》き起こる想いに翻弄《ほんろう》される。たまらずに目を伏せた。

無心でいられるように努め、ひたすらにスイートピーを切り分ける。薄い花びらが、作業台に置いた柔らかなタオルの上に落ちていく。

なかば放心状態に陥っていた真幸は、来客を告げるドアベルの音に対して、反射的に顔をあげた。浮かべた薄笑いは、この数年で身についた、つたない営業スマイルだ。

だが、それもすぐに剝《は》がれ落ちる。押し開かれたドアの隙間から、背広の袖が見えた。

「あんじょう、やってるか？」

相手も笑みなどは浮かべていない。

三十半ばの男の頰《ほお》は固く引き締まっていて、顎《あご》のラインも頑強で太い。

存在感のある恰幅《かっぷく》のいい体格に上等なスーツを着込んでいても、獲物を狙《ねら》う野獣の雰囲気が目元に滲《にじ》み出ていた。場末のチンピラなら姿を見ただけで逃げ出す獰猛《どうもう》さだ。

数ヶ月に一度、男はやってくる。前触れもなく、突然に。

そして有無を言わさずに真幸の腕を摑む。女ほど華奢《きゃしゃ》ではないが肉づきは薄い。力強い指で摑まれると、骨がきしむほど痛んだ。

「店のドアを……」

「あほか。取られて困るもんなんか、ないやろ」

服に染みついた煙草《たばこ》の匂いがする。

「チンタラせんと早よ、来いや」

乱暴な言葉を投げつけられ、引きずられるように事務所へ押し込まれた。

抵抗などいまさらするはずもない。生きていくためにならすべてを受け入れてきたし、これからも甘受し続ける。それ以外の方法を真幸は知らない。

髪をオールバックに撫で上げた美園は、ネクタイの先をワイシャツのポケットに押し込んだ。不満げに苛《いら》立《だ》った顔つきで舌打ちをして、自分のベルトを緩める。

美園浩二。それが彼のフルネームだ。

柔らかな花弁をいたぶる指先の持ち主で、拳銃密売の実権を握る本物のヤクザ。

彼こそが真幸の肉体の『持ち主』であり、真幸は三年間、彼の『いつ壊れてもいい性欲処理人形』だった。


「うッ……はっ、あ、あ、……」

書類をなぎはらったテーブルの上へと、上半身を押しつけられた。力任せの乱暴さに、たまらず爪《つめ》を立てる。ヴィンテージ風の加工がされた天板はざらついていた。

逃げ場はどこにもない。引きずりおろされたチノパンも下着も、くしゃくしゃになって片足首に絡まっている。

「あ、……はっ、ん、んっ！」

腰を両手で摑んだ男は、容赦なく真幸を翻弄した。

男と抱き合うように出来ている女であっても悲鳴をあげるだろう男の杭《くい》は太い。手荒く施されたローションだけでは潤滑剤の役割に満たず、無理にこじ開けられる苦しさに喘《あえ》ぎながら耐えるしかなかった。

溢《あふ》れたローションは真幸の内太ももを伝って流れ、靴下を濡《ぬ》らした。激しい出し入れで、ぐちゅぐちゅと卑猥《ひわい》な音が響く。

「も、もうっ……、あ、くっ……あっ」

「女みたいに喘ぐなや、ヘンタイ」

関西地方のイントネーションでなぶってくる男の声は低くかすれていた。激しい欲情、そして鬱屈《うっくつ》。淀んだ感情の昂《たか》ぶりは、真幸を犯す性器の硬さと動きにも現れている。

「あ、あぁっ！　いたっ……アっ、……ふ、くぅっ……」

奥深い内壁をこすりあげられる。言葉では形容しがたい感覚が脳天を貫き、息を乱した真幸は力いっぱいに目を閉じてやり過ごす。

浩二には手を尽くして犯されてきた。彼には優しさがない。いつでも身勝手な欲望をぶつけられ、非人道的なほど冷徹に性癖を暴かれた。いまさら性感帯を隠すことは無理だ。どこもかしこも検分され、試され、慣らされている。浩二の精液を浴びていない場所など真幸の身体には存在しなかった。

「もうぐずぐずやな。これで、他のオトコとヤってないなんて、嘘《うそ》やろ？　うん？」

マーキングを終えてからは乱暴さがさらに増し、真幸の心を知っていながら忠誠を試すような、意地の悪い嫌がらせをするようになった。

だが、それさえも気まぐれだ。

貶《おとし》められた真幸がなにを考えるかなど、どうでもいいと思っている。人形に対する独り言だ。

床に置かれたぬいぐるみを苛立ちに任せて踏みつけるとき、人は罪悪感を感じたりしない。頭を踏んでも、腹を蹴り上げても同じだ。真幸が叫んでも、綿に仕込まれた鳴き笛程度にしか思われていない。

「ひ、あっ……！」

感じやすいスポットに、大きく膨らんだ亀頭がぐりっと当たった。小さく悲鳴をあげると、腰の震えが止まらなくなる。

「い、や……、やめっ」

「やめるんも、嫌なんちゃうんか。吸いついてくるんは、おまえの方や」

ざらざらした感触の声に嘲笑が混じる。

真幸は手の甲を引き寄せ、歯を立ててこらえた。じわじわとした熱い快楽が下半身に広がる。

「うっ、……うぅ」

意識が飛びそうだ。もうどれぐらいの時間、犯されているのかわからない。真幸には気が遠くなるほど長く感じられた。

浩二が触れている場所から蕩《とろ》けていきそうなぐらい肌が火照《ほて》る。

知られたくなくて、快感をやり過ごそうとしても無駄だった。腰はおのずと揺れ、こすれるたびに息があがる。

事務所へ押し込まれたあとは、いつも同じだ。

おもむろにはずされるベルトが合図で、真幸はその場に膝をつく。スラックスを汚さないように、注意深く口に含んで、丁寧に舌で舐《な》めて濡らす。

その間に浩二はジャケットを脱いでイスへと投げやる。真幸の耳を両手で掴み、勃起《ぼっき》した性器が喉《のど》の奥を突き、苦しさに涙を浮かべるまで深く押し込む。それから容赦なく腰を使った。

長年の慣れで吐くことはないが、嘔吐《おうと》感はいやおうなしだ。息を求めた喉が不格好にガボッと鳴り、咳《せき》込《こ》みたいのをこらえて首を振ると、大きな昂ぶりに頬の裏側を突かれる。歯を立てないように大きく開いているから、顎がはずれそうなほどつらい。飲み込めない唾液《だえき》がだらだらとこぼれ、真幸のシャツの襟を濡らす。さらにピストンされると、水を口に含んでいるかのように、ガボガボと音が響く。

見下ろしてくる浩二は不機嫌に目を細め、おもしろくもなさそうに腰を振り続ける。ときどき深く吐き出す息だけが、彼の快感を示し、もっと感じさせたいと思う真幸は熱にかられた。

久しぶりだとか、元気だったかとか、そんな世間話を交わすこともない。

真幸を犯している間、浩二はずっと、硬い無表情のままだ。

痛みに逃げる腰を引き戻され、ありえない質量を突き立てられる。それでもまだ根元まで入っていない。服を汚すまいとする浩二は冷静さを残している。

その余裕で真幸をいたぶり、男を飲み込むことに慣れた身体を卑猥な言葉でなじる。不思議と、真幸は傷つく。慣れているはずなのに、恥ずかしさを感じ、戸惑いを覚え、消え入りたいような気分になる。

「声を……出せや。おい」

ぐいぐいと腰を揺すられ、真幸は髪を振り乱した。くぐもった声を腕で封じると、突き出した尻を音高く叩かれる。

「う、あぅ……っ」

惰性と暴力の狭間《はざま》にある行為に名前はない。無理に名付けようとすれば、陰惨さが増すだけだ。

這《は》いつくばるようにしてさらけ出された真幸の穴に昂ぶりを押し込み、蓄積された負の感情を思いのままに爆発させる。浩二にとっては、単なるストレス解消の行為だ。セックスですらないことにも薄々は気づいていたが、真幸はあえて考えないようにしてきた。

「あ、あぅ……ぅ、うっ……」

激しい責め苦に身をよじり、耐えかねて甲高い悲鳴を放つ。浩二の動きが、その声を切り刻む。

強がって抵抗すれば、ただ犯される以上の後遺症を残すと、真幸は知っていた。ひとつの裂傷でもつらい場所に、複数の傷が集まると一週間は起きあがれない。

そんな経験を何度も繰り返してきた。浩二と関係を持つ以前にも、真幸は男たちに蹂《じゅう》躙《りん》されていたからだ。

「んん、ふっ……う、ぅ」

逞《たくま》しい性器の動きは、圧迫感のつらさを生む。

常に男から掘られていた頃と違って、ときどき犯されるだけの身体は元へ戻ろうとする。浩二の太さに慣らされた場所も狭くなり、それが、不義を行っていない証拠になるから残酷だ。

予告されるなら準備もできるが、そんな面倒なことをする男じゃない。不意打ちが好きなのだ。

「なんや、緩いな。ほかのやつと穴兄弟になるんはゴメンやぞ」

「ちがっ……、ちが、います……。じ、自分で……」

テーブルの天板にすがりながら、乱れる息の合間に声を絞り出す。

浩二のやり方は、いままでの男の中で一番ひどい。それなのに、ひとりの夜が続くとたまらなくなる。耐えきれずに手を伸ばすことが常態化して、この頃ではもう、自分の指を挿し込んで浩二を想うことにも後ろめたさがなくなった。

「ほんまに、おまえは好きもんやな」

大きな手のひらが、真幸の肉を揉《も》みしだく。ほんのりと汗ばんだ肌が吸いつき、無意識に男の匂いを吸い込んだ。

「こんな暮らしより、男相手に身体を売っとった頃の方が、ええか?」

苦み走った男振りそのままの、低い美声に見くだされる。

どんなにひどい言葉であっても、心に染み込むように感じてしまう真幸は身悶《みもだ》えた。

「せっかく生まれてきたのに、おまえも難儀やの。親に捨てられた上に人に利用されて、男を相手のタチンボやって。その上、ヤクザの女にされて犯罪の片棒を担がされてる。もう少しましな暮らしをしようとは思わんか」

いつもならすぐに射精して終わるはずのセックスの途中で、浩二は腰の動きを緩めた。

しかしやめるわけではなく、ゆっくりと引き抜いては、ずっくりと差し込む。

「……ん、ふぅ……。ん、……」

浩二が出し入れをするたびに、すぼまりの肉がめくれあがる気がした。それを観察されているかと思うと、真幸の胸は締めつけられる。苦しさに喘ぎ、湧きあがる感情をこらえた。

目を閉じても、奥歯を噛んでも、やり過ごすことは容易じゃない。

「……んっ……」

先走りでぬるぬるになっている性器を、おもむろに握られる。驚いた真幸をよそに、浩二の手の中で昂ぶりは物欲しげに跳ねた。

真幸の気持ちを知っていて、浩二は弄《もてあそ》んでくる。

初めて会ったのは、暴力団同士の接待の場だった。

男娼《だんしょう》同然の暮らしをしていた真幸は、義父の伊藤に売られ、浩二が若頭を務める石橋《いしばし》組の取引先に差し出された。

相手は、首を絞めなければ射精できない変態男で、要するに真幸は妥当な値段で命ごと売られたのだ。

少しばかり顔が良かったのも不運でしかない。

「まぁ、拾いもんやったな」

真幸の性器の先端を揉みくちゃにしながら、浩二が笑う。

「筋者にはつとまらん。といって、素人に頼んだら気やない。その点、おまえはよく できとる」

褒美だと言わんばかりに、浩二の手が動く。

「うっ……はぁ、ぁ、はぁ……」

真幸は目を閉じた。手管だとわかっていても、待ち望んだ愛撫《あいぶ》に身体が燃えたつ。

「気持ちええんか。俺にねじ込まれてると思ったら、余計に燃えるやろ」

あの日、骨を割られそうなほど強い力で顎を掴まれた。顔を覗《のぞ》き込んできた浩二の目は忘れられない。

知り合いに似すぎていると言った浩二は、おもしろいから自分に譲ってくれと相手に交渉した。いきなりのことに相手は機嫌を損ね、浩二は代償にとその場で真幸を犯した。

数人のヤクザに取り囲まれ、衆人環視のもとで四つ這いにされることよりもつらかったのは、浩二の立派すぎるものを容赦なく突きたてられたことだ。準備もなかったせいでケガを負い、真幸はほとんど失神状態で連れ去られた。

それが相手の変態男を喜ばせる余興となり、接待は大成功、組同士にも遺恨は残らなかったという話だ。よく似ている知り合いなんてものはおらず、死体処理の面倒を避けただけだと、当初の真幸は考えた。しかし、そのあとも同じようなことを何度か言われ、こうして仕事も家も与えられている。

でも、真実を問うことはできなかった。自分の発言に慎重さを求めるのは真幸の癖だ。浩二もまた、上機嫌に酔ったときしか世間話をしなかった。

話題は決まって、ひとりの男の話だ。真幸によく似ている知り合いは、少年らしい。いまは青年となり、浩二のそばにはいない。いい思い出はあまりないようだったが、悪い思い出さえも手中の玉を撫でるように話すので、ふたりの関係は問うまでもなかった。

ありとあらゆる意味で『だいじなひと』だ。憧れと恋慕が入り混じり、浩二が彼を傷つけることだけは絶対にないと知れた。

「……ん、んっ……あ、あ……」

強い刺激を与えられ、真幸はなにも考えられなくなる。足ががくがくと震え、腰が揺れ動く。

浩二は何度も言った。シーツの上で乱れる真幸の髪を鷲摑《わしづか》むようにして覗き込み、自分を睨《にら》めと言った。

その目がよく似ている。

本当に、よく似ている。

ささやかれながら抱かれて、真幸は生まれて初めて、セックスの絶頂で気を失った。

「あっ……あっ、くっ……」

いままで相手をしてきた男たちからは、人格も面影も必要とされなかった。だれに似ていても似ていなくてもよかったのだ。血の通った肌と肉だけが不可欠で、あとは生きていることさえ失念していたに違いない。

だから、浩二だけが真幸を見ていた。

知らないだれかの面影を追っているだけの身代わりでもいい。そこには『似ている真幸』がいる。だから、浩二に見捨てられることはないと信じられた。

逞しい男の中の欲望が『だいじなひと』を求めて燃えるとき、真幸を抱かなければいられないからだ。秘めた熱を感じることさえも禁忌になるような相手なのだろう。なによりも、浩二自身が自分の想いを劣情だと蔑《さげす》み、嫌悪しているようだった。

思いの丈はいつも薄暗く淀み、苛立ちとともに激情となって暴れ狂う。翻弄される真幸は、苛《さいな》まれ責められ、たっぷりとした快感で辱めを受ける。

「ほら、自分で握りぃや。ええとこ、突いたる」

「……み、みその、さんっ……。も、う、もう……」

声が乱れた。テーブルにすがる横顔を、浩二が覗き込んでくる。汗で貼りついた髪を指がどけた。男の指先が肌をかすめる。

目が合った瞬間、ぎゅっと内壁が締まり、

「……っ……」

浩二が男らしい太眉をひそめた。

「ゆるいんか、きついんか、どっちや」

忌々しそうに言った身体が小刻みに揺れ始めた。どんどんストロークは強くなる。真幸は加減もなく揺さぶられた。

「あ、あぁっ……い、くっ……！」

奔流に吞《の》まれて、声をあげる。硬い昂ぶりがごりごりと内壁にこすれ、もうたまらないほどに気持ちがいい。

真幸の背中には、感じ入った浩二の息が当たる。性的な興奮にぞくりとおののいた瞬間、

「……んんっ！……」

ほとばしりが注がれた。

脈打つような射精のリズムに遅れて、真幸も達した。ひくひくと腰が震え、握りしめた手の隙間から精液が洩《も》れる。

何度か余韻を楽しむように揺らされ、おもむろに引き抜かれた。逆流した精液がぼたぼたと床へ落ちる。乱れた呼吸を繰り返しながらテーブルにすがっていた真幸は、余韻もそこそこに身体を起こした。緊張していた筋肉は、緩むと同時にわなわな震える。でも、のんびりとはしていられない。

さっさと身支度を整えた浩二が、天板に腰かけて煙草に火をつける。性交の余韻はすでに乾いていた。

「しばらく、仕事でこっちにいる。呼んだら、すぐに来いよ。抱いてやる」

真幸は、手近にあったグラスを灰皿の代わりに出す。

身体を拭《ふ》く暇もなく下着とチノパンを引きあげ、小さく息を吐いた。せっかくグラスを出したのに、浩二は煙草の灰を床に落としている。

「わかりました」

目を伏せながら答えると、後頭部の髪を摑まれる。うつむいた顔を無理にあげさせられ、今日初めてのキスをされる。

くちびるが触れただけで、真幸は身を硬くした。甘い倦怠《けんたい》感で胸が疼《うず》く。

「下のクチは具合がええのに、こっちは相変わらずド下手や」

肩を揺らしてくつくつと笑い、浩二はまだ半分以上残っている煙草を床に捨てた。足で揉み消す。

キスに怯《おび》え、警戒する真幸の気持ちなど、完全に無視だ。

「今度、キスもな、徹底的に仕込んだるわ」

冗談としては最悪の部類に入る言葉に、真幸は押し黙った。気を悪くしたのではない。頭の芯《しん》がぽうっとなってしまっただけだ。仕立てのいいジャケットを着込む背中を、かすむ瞳《ひとみ》で追いかけた。

髪をきれいに撫でつけていても、高級な腕時計を光らせていても、浩二の纏《まと》ったオーラは独特だ。

静かで上品な住宅街には不似合いにどぎつい。

手ぶらで出ていく男の背中を、真幸は事務所から追いかけた。甘い花の匂いが充満した店内で足を止め、静かに閉まるドアを眺めて見送る。

痺《しび》れていく気持ちが、たまらなくみじめだ。

会うたびに、はかない気持ちは踏みにじられていく。なのに、別れるたびに、いままでのような乾いた空虚を抱くことができなくなっていた。

秘められた恋の相手に似ていると言ったことさえ、浩二は忘れているのかもしれない。三年が経ち、いまでは顔を見ながら犯されることもなくなった。

酔って話したのも、ずいぶんと前のことだ。はっきりとは思い出せないが、もう一年近く、聞いていないかもしれない。

背中にぞくっと冷たいものを感じ、真幸は震える指でくちびるをなぞった。キスの感触はもう消えている。その代わりに知佳の言葉を思い出した。

だいじなひとがいる、と言ったが、それが真幸の思う相手と同一人物かどうかはわからない。浩二はまだ結婚していない。でも、女を愛せる男だ。

その話を真幸が聞くとしたら、本人からじゃないだろう。

わなわなとくちびるが震え出し、真幸は足元をじっと見つめた。

考えたくないと思う。考えるのはやめよう、と思う。

たとえ、なにがあったとしても、浩二が結婚したとしても、いまの生活は真幸の人生の中で一番まっとうだ。

手に職があって、食事が満足に取れて、毎日風呂《ふろ》に入って清潔な寝具で眠れる。犯罪の片棒を担いでいても、こんなに満ち足りた暮らしはしたことがなかった。夜な夜な襲われることもなく、硬貨と引き換えに身体を売ることもない。安全な日々だ。

だから、浩二がだれを愛したとしても……。

そう考え、真幸は自分の腕を押さえた。発作のように震え出した腕を、爪が食い込むほど強く握りしめる。

身勝手に注ぎ込まれた体液が、太い楔《くさび》にほぐされた場所から溢れた。太ももを伝い落ちていく。

淫雑な感覚に胸が詰まり、呼吸さえ苦しくなる。

なにもかもがたまらなかった。

ひとり残された店内で作りかけのアレンジメントを摑み、衝動的に床へ叩きつける。花が飛び散り、オアシスがひしゃげた。真幸は勢いに任せてしゃがみ込んだ。抱えた膝に爪を立てる。

こみあげてくる感情を抑えるには、そうするしかなかった。

自分の不幸は親がいないことでも、義父に売春を強要されたことでもない。浩二に出会い、そして、意味のない想いを抱いていることだ。キスをされると心が震える。またかならず抱いて欲しいとすがりたくなる。報われない、みじめな想いだ。

それでもやはり、いままでの人生のどの時点よりも、その報われなさは充足感を伴っている。だから、悲しい。

「あら、伊藤さん。どうなさったの」

店のドアが開いて、常連のお客さんが顔を見せる。豪邸の多いこのあたりで、ひときわ大きな家に住む社長夫人だ。

「驚かせてすみません。手を滑らせてしまって」

立ちあがったときには、花屋の陽気な店主を装う。せっかくのアレンジメントをダメにして落ち込んでいる演技を疑われることはない。信じ込んだ社長夫人が、きれいな眉をそっと歪《ゆが》めた。

「まぁ、それは残念ね。……いますごく素敵な人がいたのよ」

幸福な奥様の声が弾んだ。

作業台を挟んで立っている夫人はうっとりと微笑み、窓の外に目を向けた。

ここに来る途中で、待たせた車に乗り込む浩二を見かけたのだろう。真幸の前ではどぎつい関西ヤクザのオーラを全開にしていても、瀟洒《しょうしゃ》な住宅街を歩くときぐらいはよそいきの顔をする。

刺激を求めているこの街の奥様たちは、それと知っていて、浩二の悪徳な面を見て見ぬふりしているだけだ。真幸から『重いアレンジメント』を受け取る女たちと変わらない。幸福そのものの暮らしの裏で、ヤクザと関係を持ち、その弱みにつけこまれて利用される。きっかけは、ものごとを甘く見積もった好奇心だ。

「どこの家のお客さまでしょうね」

そう言いながら、真幸は完璧《かんぺき》な演技で笑顔を返す。だが、その足の間は、浩二に注ぎ込まれた精液で濡れていた。

2

三日経っても、浩二からの連絡はなかった。

彼が上京していないときなら、花を挿しているだけで心の平穏が保てる真幸も、いつ呼び出しがかかるとも知れない中では気がそぞろになって落ち着かない。

完成させたフラワーアレンジメントは、どれもアンバランスだった。なのに不思議と女性受けは良い。いっそう複雑な気分だ。

甘ったるい色彩に傾いていくのが自分でもわかるほど、指先は冷淡な男を待ち望んでいる。

呼び出されないのは女を抱いているからだと思うたび、胸の中が爛《ただ》れるように痛む。元々、浩二はゲイじゃない。気まぐれに男を抱くことがあっても、それは性的な嗜好《しこう》とは関係なく、むしろ暴力的な行為だ。

だから、いつかは飽きる日が来る。覚悟のようなものを持て余しながら続けた関係は、会うたびごとに淡白さを増していくようだった。浩二がやってくる回数も、真幸が呼び出される回数も減っている。

年に数えるほどの気まぐれで乱暴なセックスは、この仕事をしている褒美であり口止め料だ。浩二の部下は帳簿まで調べ、わずかな生活費だけを残して売り上げを持ち去る。真幸の自由にできる金はないに等しかった。

「くだらない」

口先ではそうつぶやきながら、閉店の支度をする。

終わりが来ることならわかっていた。ただ、三年が長いのか短いのか、真幸には判断できない。

浩二に捨てられた傷心で自死を選べるほど強い人間ならば、いまにすがって生きることもできるだろう。でも、そんな勇気はない。いっそ殺して欲しいと願っても、だいそれた温情をくれる相手ではなかった。

外に並んでいる白いホーローバケツを店の中へ入れながら、真幸はふいに空を見あげた。くだらないのは、男を飼い殺す浩二ではなく、不毛なこの関係でもない。熱くなりきれずに、ただ漫然として受け入れるだけの自分自身だ。

夕暮れがやってくるのはだいぶん遅くなったが、街を吹き抜ける風は今日に限って冬のように冷たい。かつての真幸にとっては、気鬱《きうつ》な寒の戻りだった。夜の来るのが恐ろしくもあった。

河川敷に建てたブルーシート囲いの小屋は、寒さにも暑さにも弱かった。あの生活を懐かしく思う日が来るとは考えてもみなかったことだ。

秋から春先にかけて、川面《かわも》を渡って吹く風の本当の冷たさを、この住宅街の住人たちは知らない。アウトドアの遊びとは違い、隙間風は入り放題で、寝袋もない。仲間がいれば焚《た》き火をすることもあったが、駆けつける警察によってすぐに消された。

人肌が温かいというのも嘘だ。愛情のないセックスは熱など生まない。貪《むさぼ》られた身体はいっそう冷え、心まで凍りつく想いを何度も味わった。

けれど不思議なものだ。それが日常なら、苦しいとも逃れたいとも思わなくなる。逃げたところでなにが改善されるのか。想像もつかなかった。

真幸の母親はとっくに死んでいた。父は行方不明になったままだ。親族から見放され、施設行きが決まった真幸の面倒を見たのが義父の伊藤だった。

『プロレタリアートの解放のために闘っている』が口癖の男は、時代遅れさえも通り過ぎた過去の遺物だ。のめり込んだ政治活動のせいで、エリートコースに乗れるはずだった人生を棒に振り、口ばかりはよく動いたが、生活の手立てさえ持っていなかった。

真幸を売った金で、少しはましな暮らしを手に入れただろうか。それとも、すでにのたれ死にしているかもしれない。

どこまでもバカな男だ。

そう考えた真幸は真顔になった。店の中でぽつんと立ち尽くす。

デモの行列に紛れていた伊藤の顔が、脳裏に毒々しく浮かんだ。察して余りある。なにもかもが、くだらない。

叶《かな》いもしない理想に殺された母も、その理想をいまだに追い続けて行方の知れない父も。そして、夢さえ見ることなく、男に犯される日を待ち望んでいる自分も。

生まれてきたことに意味を求めれば、狂気に落ちるしかない。だれかにそう教えられたことがある。あれはだれだったのか。そもそも、そんな人間はいたのだろうか。真幸の脳内が作り出した幻なのかもしれない。

チューリップを投げ込んだバケツが、最後にひとつ残されていた。気づいて、取りに出る。

あたりはもう暗くなり、街灯が道を照らしていた。

バケツを持ちあげた真幸は動きを止めた。

人通りの途絶えた道の端に、人影が見えたからだ。

目をすがめるまでもない。確かめる必要もなかった。

心の奥がすっと冷たくなり、凍えるような孤独感に苛まれる。薄闇の中に立っていたのは、作業着を着た中年の男だった。病魔に巣食われたように痩《や》せ細り、くせ毛の髪がだらしなく額にかかっている。

真幸は息が止まるかと思った。

驚くよりも先に、落胆と安堵《あんど》が入り混じる。吐き気を催しながら、生きていたと実感する。デモに紛れていた伊藤が幻覚だったらいいと思っていたが、そうじゃなかったのだ。

伊藤は足早に近づいてきた。異様な気を放つ目で、ぎょろぎょろとあたりを見回す。尾行がないかを確認するのは、伊藤の癖だが、捜査対象になったことは一度もないはずだった。

名前の売れた活動家たちと同じように扱われたい願望で自意識過剰になっているだけで、肝心なときにはいつも人の陰に隠れてしまう。平気で仲間を裏切りもする。

それでも組織へ戻れるのは、狡猾《こうかつ》な金儲《かねもう》けの才能のおかげだ。

相変わらず、自分だけが正義のような顔で、ドアにかかった木札を『ＣＬＯＳＥＤ』に裏返した。バケツを持った真幸の背中を押して店の中へ入ると、ドアに鍵をかける。

「やくざに囲われてる言うんは、ほんまやったんやな」

「なにをしに来たんですか」

真幸はチューリップのバケツを決まった場所に片付けた。

冷たい物言いに動じる男ではない。なに食わぬ表情で店の中を見回して、わざとらしく顔をしかめた。

「二十年近くも一緒に暮らしてきたのに、冷たい言い方やないか」

その挙句、どんな人生にされたのか。あえて口に出すこともない。

男は生きていくために真幸を利用し、保護者のいない真幸も彼に依存して生きてきたのだ。

母親が内ゲバと呼ばれる報復合戦の果てに殺され、父親が非正規に国外へ逃亡したときから、真幸はどちらの実家からもないものとして扱われた。

入れられた施設に迎えに来てくれたのが伊藤だ。彼は両親の実家に話をつけ、真幸を養子にするために引き取った。

それもまた金のためだっただろう。親族はいくら出して引き取ってもらったのか。真幸にとっては純粋な興味でしかない。

「ずいぶんと探したで。こないなところで、花屋をしているとは思わんかった」

「なんの用ですか」

「怒ってるんか、真幸。これもみんな、活動のためや」

もう何百回と聞かされた言葉が、見えない鎖になって真幸を締めあげる。

「もういいでしょう。僕には革命思想はないし、武力での闘争にも興味はありません。もうそんな時代はとっくに……」

「そないにツレないこと言いなや。オヤジさんが聞いたら、えらい悲しむで。それにな、流行《はや》り廃りやないやろ。おまえには古い言葉に聞こえるかもしれんけど、これだけ景気も落ち込んでるんや。それにな、なにも暴力的なばかりが革命やない。俺もこだわってないで。そやけど、若者には革新が必要や。この前のデモ、見たやろ。あれも、若い学生が」

「なにを、しに来たんですか」

伊藤の話を強引に遮った。放っておけば、いつまでも話し続ける。すべては受け売りの世迷言だ。彼が本心で信じ、突き詰めた理論じゃない。

「今日は、ほら、これを持ってきた」

汚れた作業着のポケットから、ボロボロの封筒が出てくる。

「オヤジさんからの手紙や。おまえ宛ての、な」

言われても驚かなかった。手紙はすでに封を切られている。中身を確認した伊藤は、金の匂いを嗅《か》ぎ取ったのだろう。

平和ボケと称されて長い日本にも、政治思想によって団結する集団は存在している。街宣車で騒音を撒《ま》き散らすのとも違う闇に紛れた活動を主とする派閥もあって、ときにゲリラ的なテロをも引き起こす。

ニュースで一般的に報道されている事件の中にも、活動家の関与を感じさせる例がたくさんある。もっとも活性化していた頃に比べれば壊滅状態に近いが、彼らは一般市民に紛れ、派閥の報復合戦を繰り広げながら国内外の同志を支援し続けていた。

真幸の両親は、実働的な闘士だった。金策班だった伊藤とは違い、家の電話は常に盗聴されていたし、一緒に暮らしているときから留守がちで、夫婦の会話は外国の言葉のように難しかった。

母が殺害されたあと、父が行方不明になったのも、公安から追いつめられてのことだ。形骸化していく国内での運動に見切りをつけ、主な活動家たちは海外へ逃げ出した。その潮流の終わりに紛れ、父は消えた。

国外へ出る勇気も志もなかった伊藤から手紙を差し出され、受け取った真幸の指は小刻みに震える。

幼い頃の記憶の中にいる両親は優しく、そして希望に満ちていた。思えばさびしい子供時代で、幸せとは程遠かった。しかし、同志だと言った伊藤のことを無条件で信用するぐらい、両親の理想に憧《あこが》れと尊敬を感じていたのだ。

ふたりの追いかけたものが夢でしかないと知ったのは、それからずいぶんとあとだった。自分を捨てた父親のふるまいが、理に適《かな》わない身勝手なものだと知ったのも、その頃だ。

手にした封筒の消印は、かすれていて読み取れない。

しかし、月日をかけて日本に届いた形跡はホンモノだ。

手紙はいままでに二度だけ届いた。だから父の書く字体は知っている。今回の手紙は代筆だ。文字が下手すぎて読みにくい。そして短かった。

「俺と中国へ行こう」

伊藤が唐突に言った。手紙を読み終えた真幸は顔をあげる。

父は病気だ。すぐに良くなるから探しに来るなと書いてあるのに、わざと手紙を寄越した。理由は簡単だ。

「この最後の文字は、暗号や。向こうの同志には話をつけてある」

真幸はだんまりを決め込んだ。なにも言わずに伊藤を凝視する。

中国へ一緒に渡る金を持っているはずはなかった。父親と再会させてもらう代わりに、これまでと同じことを繰り返すのだろう。

渡航費を自分の身体で稼ぎ、渡った先でもカンパという名の売春をさせられる。運動のためという大義名分は、伊藤から罪悪感や犯罪意識を根こそぎ奪い去っていた。

それが彼らの生き方だ。常識もまた、彼らだけの世界のものだった。

「パスポートは作れない。知ってるでしょう」

真幸が国外へ出れば、父を探している警察が動くことになる。

「そんなことはよぅ知ってる。心配せんでもええ。全部手配済みや」

テーブル越しに手を摑まれ、真幸は父親とは思ったこともない『戸籍上の父親』を見た。どんな暮らしをしようと、真幸の本当の父親なら息子を襲うような非道徳なことはしない。

だから、禁欲的になれない伊藤は闘士になれない。男としての器も知れていた。

「触らないでください」

「おまえのことを、息子やと思ったことはない」

真幸は顔を背けた。テーブル沿いに近づく伊藤の身体を押しのける。

「僕は同志じゃないし、武力で世界が変わるとも思わない。そう言っているでしょう」

「オヤジさんが泣くぞ」

「僕の初めての男を知ったら、そっちを泣くよ」

言い終わる前に、頬をぶたれた。激昂《げっこう》した伊藤の腕がぶるぶると震える。

頬を押さえもせず、真幸は相手をまっすぐに見た。

弱い男だ。未熟な相手を犯すときにも、世界平和や革新論で武装しなければ勃起のひとつもできない。真幸は無意識に浩二を思い出す。

比べるまでもなく、伊藤はみっともない男だ。

「ヤクザもんに魂まで抜かれたんか」

「そのヤクザに僕を売ったのはあんただ。人にとやかく言う前に、『自己批判』をしたらどうです」

専門用語で責めると、伊藤は押し黙った。

あわよくば性欲を処理させようと企《たくら》んでいた目が伏せられる。チッと舌を鳴らし、伊藤は苛立ちを全身で示した。片方の靴先が、パタパタとせわしなく動く。

「三日後や。三日後に行く。身辺整理はせんでええ」

「行きません」

「このままヤクザに関《かか》わってどないなるんや。ここも長く使えるわけやない。そのときになって捨てられて、生きていけるんか」

伊藤の言葉は容赦なく胸へ突き刺さる。

「美園に惚《ほ》れてるんか」

心を見透かされ、反応を返してはダメだと思いながらも顔が歪んだ。

惚れている。疑いようもなく、真幸は、あのひどい男が好きだった。

それが感情のすべてだ。

手荒く犯されるだけだと知っていて、男が来るのを一日千秋の想いで待ちわびている。

でも、愛されたいと願うからじゃない。

こんな生まれ育ちをした自分がだれかを好きになっている。その人間らしい事実があれば、ただそれだけでよかった。

「真幸。しょせん、生きてる世界が違うで。あの男の世界では、おまえは虫けら以下や」

伊藤はしたり顔で言った。

「相手はおまえなしでも生きていける」

だから俺のもとへ帰ってきてくれと懇願する口調だった。

真幸を真に求めているのは自分だと言いたげな男の手が伸びてくる。干からびた両手に頬を摑まれ、無理やりにくちびるを奪われた。

真幸は身をよじった。顎を押しのけ、頬を力任せに手のひらで打つ。

初めての抵抗を受け、伊藤が後ずさった。そのときになって、もう中年でさえないのだと気づいた。伊藤はとうに老年の域に入っている。

「オヤジさんに会うべきや。これを逃せば、もう二度と会われへんぞ。それに、会えば、おまえの人生も変わる」

自分の人生を取り戻せ、などと言えた義理だろうか。真幸の人生から多くのものを奪ったのは伊藤だ。

「詳細はまた改めて連絡する」

自分の都合しか考えていない相手なのに、なぜか一蹴《いっしゅう》できない。

ひとりきりで残された真幸は、手紙を握りしめた。テーブルへ寄りかかる。

なぜ迷うのかと、答えのない自問を繰り返す。

浩二のためなら命も投げ出せる。それがどんなくだらない理由だとしても、望まれたなら、あっさりとやり遂げるだろう。

それが愛なのかはわからない。ただ、真幸にとってはもう、浩二だけが人生のすべてだ。踏みにじられるだけの関係でもいい。どんな扱いだとしても。浩二がいれば、それでいい。

事務所の電話が鳴り、のろのろとテーブルを離れる。受話器を取るなり舌打ちする音が聞こえ、不機嫌そのものの浩二が言った。

「明日、二時に来い」

ここにも人の都合を考えない男がいる。横暴さは伊藤と同じだ。でも、存在の重さは比べものにならない。

そして、待ち望んだ呼び出しだった。

真幸の身体は我知らずに指の先まで痺れ、答える声もまた震えていた。

＊＊＊

いけないとわかっていて逃げられないということがある。

好奇心が先だったり、脅された末の恐怖からだったり。理由は人それぞれ違っているはずだ。

浩二の呼び出しがキャンセルになったことも、原因のひとつではあった。予定が狂ったことよりも、会えなくなったことが真幸の胸に穴を開けた。

会えば、犯される。慣らしておいても苦しい、浩二の太さを思い出した身体は、真幸に嫌悪を感じさせるほど貪欲《どんよく》だった。

痛くてもいい。息もつけない激しさに泣いてもいい。

逞しい背中に回すことのできない指でシーツを摑み、溺《おぼ》れまいとしながら落ちていく快感の深さが真幸の肌を熱くさせる。

だから、持て余すのはひとりの時間ではなく、浩二に教えられた、やりきれない『欲求』の方だ。そうでなければ、伊藤の頼みに腰をあげることはなかった。

歓楽街に寄り添うようにして群れているラブホテルを過ぎ、薄汚れた雑居ビルの階段をあがる。

嫌な予感は初めからしていた。

ついていけば、どうなるか。それはもう嫌というほど知っているのだ。昔からそうだった。

頼む頼むと拝み倒されて連れていかれる。そこはホテルの部屋だったり、ブルーシートで囲った掘ったて小屋だったり、今回のように場末のビルだったりした。

痛いことはさせないと言われ、目を閉じていればいいと猫なで声でささやかれる。伊藤はいつも、空間の片隅にいた。息を押し殺していたが、興奮していることは目つきでわかる。

男たちに犯されながら、真幸は一度に二回犯されているようなものだと思った。のしかかってくる男たちと、それを見つめている伊藤。

それぞれにたぎらせた欲望はどぎつく、真幸はいつも放心した。ほんの少しの間、我を忘れていれば、肌を舐められる気色の悪さも、身体にねじ込まれる苦痛も一刻の悪夢で終わる。

しかし、昔のようにはできなかった。

扉の前でハッと息を呑んだ真幸は、催眠術から解けたようにまばたきを繰り返す。浩二の舌打ちが聞こえる気がして後ずさると、肩に腕を回した伊藤はかすかに笑って言った。

「後ろは使わなくていい」

じゃあ、どこを使うのか。聞くまでもなく部屋に引きずり込まれ、待ち構えていた数人の男たちに押さえつけられた。

目隠しをされ、柔らかなマットの上で膝をつく。伊藤がだれかと話し始めたが、内容は聞き取れない。髪を掴まれ、くちびるを開かされ、声を出すよりも先に、生々しい匂いに口を塞《ふさ》がれた。

殴られたらあざが残り、浩二の知るところになる。ほかの男のものを口に含んだとなれば、きつい仕置きが待っている。そう思うと、抵抗できなかった。

暴力行為だけならいい。そう思った瞬間、真幸の心は寒風にさらされた。心臓がきゅっと縮みあがる。

こんなことを浩二が許すはずはなかった。浮気や裏切りと言われるなら、まだマシだ。

でも、そんな人間らしい関係じゃない。

真幸は、浩二の犬だ。それも愛されていない犬だ。

尻尾《しっぽ》を振ってすり寄っているうちは、気まぐれにエサを与えられる。でも、他人にも懐いていると思われたら、嘘だろうが本当だろうが関係なく、浩二の興味はあっさり失われてしまう。

「なぁ、ほかも触っていいか」

何人目かの男が、真幸の口を使いながら息を弾ませた。

くぐもった声をあげて身をよじると、後ろから両耳を摑んで押さえつけられる。

「勘弁してぇや。売春になるやろ?」

伊藤はおかしそうに笑って言った。指先が真幸の耳たぶをこね、耳の穴をぐりぐりと触る。

「変わらないと思うけどな」

「有料の公衆便所ってのは、うまく言ってんじゃねぇ?」

離れた場所から男たちの下卑た声がする。

目隠しをされているからはっきりとはわからないが、男たちは次々と入れ替わっているらしい。

「カンパ、入れとくよ」

だれかが言った。ちゃりんちゃりんと小銭の音がする。

「おまえ、小銭はなくない？」

「えー？　いいじゃん。舌も使わないし、くわえてるだけだし」

若い男の声が遠ざかっていく。真幸はぼんやりとしながら、後ろ手に腕を縛られる。

「……セックスは、いやだ」

やっとのことで激しい動きから解放され、そこにいるはずの伊藤に対して言う。濡れタオルで顔を拭かれた。

「あれは人数こなせへんからな」

口に水を含まされ、バケツだと言われて吐き出す。もうすでに次の男は待っていた。

「あいつにバレたくないやろ？　さっさと済ませてしまえよ」

伊藤はわざとらしく浩二のことを匂わせる。

次の男は、それに興奮したらしく、乱暴に先端を押しつけてきた。

「あぁ、やめたってや。まだ目標額まで行ってへんから」

商品を乱暴に扱うなと、客に対して諭す夜店のオヤジのようだ。ヌメヌメとした声はやはり興奮を帯び、男たちに弄ばれている真幸を見て愉しんでいる。

こみあげる吐き気をやり過ごし、目隠しの内側でまぶたを閉じた。暗闇に映るのは、自分の過去だ。

浩二に拾われ、忘れたつもりになっていた昔がよみがえり、胸の奥で感嘆の声をあげる。日常だった。伊藤に売られるまで、これが真幸の日常だった。

活動のための資金集めだ、カンパだと言われ、納得もしないまま寝転がる真幸の上に、男たちは性欲を発散させようとのしかかった。本当なら女がいいが、叶わないから安く済む男で代用する。

真幸はただ放心しているだけだ。考えても仕方がない。だから、動きに身をゆだね、呼吸だけを繰り返す。

今日もまた、そうしてやり過ごした。


「おまえ、下手になったんとちゃうか」

ビルを出たのは、日が暮れる頃だ。時間にすれば二時間ほど経っている。乗せられたワゴン車の後部座席から時計を見て、真幸はぐったりと背もたれに肩を預けた。

「まぁ、歳《とし》も取ったし、顔も隠してたし、仕方ないな」

客の入りはよかったのだろう。文句をつけながらも、伊藤はホクホクした顔で金を数えた。真幸にはわずかな小銭さえ渡さず、すべてを袋に入れてポケットにしまい込んだ。

「いきなりで悪かったな。なんや、怒ってんのか？」

へらへらと笑いながら腕を伸ばし、真幸の首を引き寄せる。身をよじって逃げると、スラックスのファスナーをおろした伊藤の手が止まった。

「家まで送ったるから」

それまで自分のものを舐めさせるつもりでいる。

「……車を停めてください」

真幸は運転席に向かって言った。

「停めんでええ」

「停めてください！」

「真幸、そやから、悪かったたって言うてるやろ？　な？　俺のん舐めたら、やり方も思い出す。あんなヤクザのもんを舐めても、おまえはよくならんはずや。俺が、おまえに教えたんやからな」

ねっとりとした視線にさらされ、背中に寒気が走る。

「そうやなかったら、なんでついてきた。わかってたはずやろ。……おまえも、戻りたいんとちゃうか。組織のために働くなら、このまま連れて」

「放っておいてくれ！」

叫んだのと同時に、運転手が急ブレーキを踏む。真幸はとっさに踏ん張ったが、伊藤はイスから転げた。

「あぶないやろ！」

　真幸と、運転手。その両方に向かって叫び、脂ぎった髪を掻《か》きあげる。

「降りる！」

すかさずドアを開き、ワゴン車から飛び降りた。伊藤は追ってこない。

「気ぃつけて、帰りぃや」

そう言いながらドアを閉める。車はすぐに動き出し、高架の下を曲がって消える。

残された真幸はここがどこなのか、わからなかった。あたりは暮れかかり、街灯がさびしく道を照らしている。しばらく高架にそって歩いていると電車の音が聞こえてきて、高架の上が線路なのだとわかった。駅までたどり着けば帰りようはあるだろう。財布に入れていた札は伊藤に取られたが、小銭はまだ持っている。帰る算段が立って落ち着くと、留守中に浩二から連絡が入っていたかもしれないと思いつき、別の焦りが生まれた。

呼び出してもらえるなら飛んで行きたいと願うのに、会えばこのことに気づかれるという気鬱が混じり合う。

開きすぎた顎に、だるさと鈍い痛みを感じ、表情を歪めながら、真幸は黙々と歩いた。

後悔しても仕方ないと思ったが、自分を責めずにもいられない。伊藤にまた会ってしまったのは、身に沁《し》み込んだ習性だ。幼少期に受けたマインドコントロールを解くことは簡単じゃない。

かつては伊藤が命綱だった。一緒にいなければ飢え死にすると信じていたのだ。特殊な教育方針の私立学校に通っていた真幸は、普通の教育を受けていない。両親が亡くなってからの数年で通うよりも休むことの方が多くなり、伊藤に連れ回され、いたるところでセックスをさせられた。要するに売春だが、明確な値段はなく、高く売れるところでは高く、金のない相手とはタダ同然だった。

伊藤がぐっすり眠る横で、朝まで揺すられていたこともあるし、酒を飲んで騒いでいる傍らで複数に弄ばれたこともある。

それがおかしなことだとはわかっていたが、伊藤の高尚ぶった論説で言いくるめられ、いつのまにか、活動のためになら身を挺《てい》するのが当然のことだと思うまでになっていた。

子どもの自分にできる政治的な活動だと信じていたのだ。

それは詭弁《きべん》だと言う大人もいるにはいたが、真幸の股間《こかん》を執拗《しつよう》にこね回しながらでは、冗談にも聞こえなかった。

人を選ぶことなく身体を開くことが政治的行為を支えることになり、伊藤といることでしか食いつなぐことのできない自分の存在価値になると、真幸は子どもながらに感じていたのだ。同時に、自己の矮小さに苛まれていた。

だが、身体を売ることそのものに疑問はなかった。傷つきもしなかった。それしか持っていないのだ。

こうして連れ出され、顔の見えない男たちを相手に二時間もフェラチオをさせられたいまも、真幸が感じている後悔は浩二に知られたくないという一点のみだ。

飼い主がいるのに、ほかの男のために尻尾を振ってしまった。それだけが悔やまれる。

顎の重だるい痛みに苛立ち、掻きあげた髪が固まっているのに気づいた。精液だとすぐにわかる。でも、洗えば消える程度の汚れだ。苛立ちまぎれの舌打ちを小さく響かせ、あきらめの表情でうつむく。しばらく歩き、駅はまだかと高架を見あげる。その腕をだれかに摑まれた。

驚きもせずに振り向くと、異臭が鼻を突く。このあたりを縄張りにしているホームレスなのだろう。サイズの合わない服を着た顔は垢《あか》が溜《た》まってどす黒い。

「兄ちゃん、行くところがないなら……」

ふらふら歩く真幸を見て、傷心の自殺志願者だとでも思ったのだろう。親切ぶった口調だったが、その目は伊藤と同じだった。

なにも知らないくせに、性的な匂いを嗅ぎつけている。

「僕は……」

手首を強く摑まれ、嫌悪を覚えた。目を伏せて身をよじると、相手は強引に間合いを詰めてくる。

「死ぬには早い。泊めてやるから」

言葉にしなくても、その続きはわかった。

真幸の顔はたいして美しくない。女顔でもないが線は細く、身に沁み込んだ不幸が滲み出て、憂いを帯びた性の魅力があるらしい。

簡単につけ込むことができそうに見え、なおかつ踏みにじりたい気分にさせる。

浩二にも散々言われてきたことだ。

もっと明るく楽しそうにできないのかと言われながら、股間の間に顔を押しつけられた。性器をしゃぶりながらは無理だと思ったが、口ごたえしたことはない。

「いらない。離して……」

薄汚い男を振り払う。

「そう言うなよ……」

へらへらっと笑いながら、抱きつこうと腕を伸ばしてくる。アルコールの匂いが迫り、相手の胸を片手で突いた。

「このガキがっ……」

拒まれて気色ばんだ男を、真幸はぐっと睨みつけた。

「うるさい」

関西のイントネーションがふっと口をつく。伊藤の影響を受けたようで気分が悪く、真幸はぎりぎりと眉根を引き絞った。

意表を突かれたような顔で男が後ずさる。

「粗末なもん、つぶされたくなかったら、さっさと去《い》ねや」

関西でも特に荒い言葉を使えば、関東の人間は勝手に背後を勘ぐってくれる。要はヤクザ関係者だと思うのだ。

捨て台詞《ぜりふ》を飲み込み、男は舌打ちだけして逃げ出した。

「しょうもな……」

つぶやきながら、背を向ける。

伊藤といた頃から、関西弁は使わないできた。活動の本拠地は大阪だったが、通っていた学校は関東にあり、子どもたちのほとんどが共通語を話していたからだ。

東京に対して屈折したコンプレックスを抱えていた伊藤は、共通語を使う真幸を犯すことで鬱屈を晴らしていた節がある。客になる相手の前でも、関西弁は口に出さないように命じられた。

だから、いまでも、真幸の口にする言葉のイントネーションは共通語のそれだ。よっぽど気持ちが昂らなければ関西弁が出ることはなく、真幸の心がそれほど強く揺さぶられることもめったにない。

うつむきながら歩き、昔の癖で伊藤に従ったのは間違いだったと、そればかりを考えた。浩二に知られることはないだろうが、次があってはいけないと心に言い聞かせる。

自分の存在価値は、伊藤の行う活動に尽くすことじゃない。浩二のために、浩二の組織の役に立つことだ。

生きるのも死ぬのも、浩二の一存でありたい。

なにげなくあげた視線の先に、駅のあかりが見えた。そのまばゆさに顔を歪め、真幸は胸の痛みに目を細めた。

視界が潤み、涙が滲んでいると気づく。

伊藤についていった本当の理由は、浩二への当てつけだ。知られたら破滅だとわかっていて、予定をあっけなくキャンセルした男に対しての恨みごとを持て余した。

そんな権利もなく、そんな関係でもない。

真幸はだれかの代わりだ。似ていてさえも優しくされず、踏みにじるようにしか扱われない。なのに、彼のすることに不満を感じるなんて、それ自体がとんでもなくだいそれた行動だ。

出会って三年。短くはない時間だ。

真幸が生活に慣れたように、浩二が惰性を感じてもおかしくないぐらいの時間が過ぎていた。だれかに似ている。ただそれだけで長引かせることができる関係じゃない。

顔をあげようとした真幸は、強烈な虚無感に襲われて立ちすくんだ。足が動かない。顎が地面に引かれるようにさがり、暗闇がぐらぐらと揺らいだ。

伊藤が現れてしまったことは、かならず変化を引き起こす。このままではいられない時がきたのだ。

そう気づいた瞬間に、涙が一粒、地面へ落ちた。

3

都心にある高級ホテルのロビーへ足を踏み入れるとき、真幸はいつも緊張する。柔らかなじゅうたんを下足で踏むと、汚してしまう罪悪感に胸が痛くなる。場違いすぎて、いたたまれない。

でも、ここが浩二の定宿だ。昨日の夜中に予定を仕切り直す電話があり、午後一番で顔を見せるようにと言われた。

去年、気まぐれに褒めてくれた淡いブルーのシャツを選んだ真幸は、浮き足立った自分の気持ちに苦笑いした。

伊藤に利用された翌日なのに、シャワーを浴びるだけですべてなかったことにできる能天気さにもあきれてしまう。

浩二との仲が終わることも、初めからわかっていたと繰り返せばあきらめがついた。永遠がないことは知っている。

もしもあるのだとしたら、それは嘘をつき続けることでしか保てない。

浩二が若頭を務める石橋組は、日本一大きな暴力団組織・高山《たかやま》組の二次組織である阪奈《はんな》会に属している。浩二がときどき上京するのは、高山組の東京支部を統括するためだ。

拳銃の密売は数ヶ月に一度あるかないかで、仕切りは石橋組に任されているらしい。万が一のことがあれば、石橋組の組長が全責任を取るのだろう。

取引の相手は真幸にもわからない。花の仕入れをする業者はなにも知らないカタギで、フラワーアレンジメントを受け取る客は弱みを握られ利用されているだけだ。中身に予想がついていても、黙って花を届ける。同時によからぬ商売をさせられている気配もしていたが、そっちに関しては真幸の方が気づかぬふりをするのだ。

知ったところで、なにの得にもならない。生きていくために、生活や家族の名誉を守るために、人はみんな、自分の世界を狭く狭くして泳ぐ。まるで小さな鉢の中の金魚だ。

真幸も例外じゃない。でも、愛玩《あいがん》されるわけでもない存在だ。真幸の入っている小さな鉢は日増しに汚れ、苔《こけ》がつき、やがては見向きもされずに放っておかれる。

生きていくことのみじめさを思えば、三年前のあのとき、変態に犯され、首を絞められて死んでいてもよかったのだ。

人知れずにそう思う真幸は、言葉を口には出さなかった。

「おまえを生かしてやってるんは、俺や」

と、居丈高に宣言してふんぞり返る浩二の、苦み走った顔に浮かぶ満足げな表情を見れば、いたずらに拾われたことにも感謝するしかない。

彼と出会っていなかったら、死んでもよかったのだ。その死に方がひどい苦しみの果てにあったとしても、死ねば終わるのだから気にはならない。

生きていても、どうせ苦しむ。

それがなぜなのか。真幸はずっと考えてきた。

伊藤と暮らし始めた頃からだ。苦しいと思う感情がどこから来るのかを息をひそめながら考え続けている。

答えは一生、手に入らないだろう。

浩二の気を引きたくて練習した微笑みは、頬を歪めるような不格好な表情にしかならず、鏡に映った自分の卑屈さは滑稽《こっけい》でさえあった。それを思い出すと笑うのは意外に簡単なことだった。店でも浩二の前でも、自分の生き様を思えば笑えてくる。

ホテルの入り口を抜けた真幸は、エレベーターホールへ向かう途中で足を止めた。ロビーに置かれている、大きなフラワーアレンジメントに目を奪われる。

大人が三人手を繋《つな》いでやっと一回りするぐらいの大きなものだ。海外から来る宿泊客のためか、世間ではすでに盛りを過ぎた桜の枝が投げこまれている。蕾がまだ残っている黒い枝は、まばゆい菜の花の色をキャンバスにして優雅な線を描いていた。

単純なようでいて計算が効いている。

小さなアレンジメントしか経験のない真幸にとっては、別世界の仕事のように見えた。

わずかな憧れが、いつものように、じりっと胸を焦がす。目を細め、しばらく眺めた。

金魚鉢で生きてきた自分には、小さな箱庭の世界がせいいっぱいだが、広い世界を知っている人間には、こんな大きな仕事ができるのかと感嘆する。彼らもまた、閉塞《へいそく》した狭い世界のことはわからないだろう。それはいいことだ。

世の中の妬《ねた》みや嫉《そね》みが凝縮された金魚鉢の中は、泳ぐ金魚の数が多いほど息苦しい。ついには共食いが始まり、不毛な争いになる。

それが、真幸の母親の命を奪った仲間割れ、『内ゲバ』の実態だ。

母は父よりも一回り年上だった。一九七〇年代頃から衰退の一途をたどった学生運動は、主軸を大学紛争から社会運動へ移行させて、いまも細々と続いている。もはや『学生運動』と呼べるほどの学内運動はない。それでも、小さな組織のいくつかは、いまも大学キャンパス内に事務局を置いている。

真幸の両親や伊藤はもちろん六〇年代の闘争には参加していない世代だ。学内組織と連携する外部組織の所属だが、ふたつの組織の幹部はほとんど共通している。

伊藤から渡された父親の手紙が脳裏をよぎり、物憂い気持ちで桜の花を見つめる。淡い色合いの清廉とした美しさが、ありもしない親への愛情を想像させた。

もしも、愛されていたならと思う。

死に際を見取って欲しいと乞《こ》われ、涙しながら駆けつけるための思い出が、真幸にはなにひとつない。確かに自分は母親と父親の間に生まれたのだろう。けれど、ふたりは優しかったが、真幸をかえりみることはなかった。

男より年上で、組織内での地位も高い女が母親となり、働きつつ、家族を支える父親と協力している。そんな、新しい価値観を体現するためだけに真幸は存在した。

それがいけないことだとは思わない。気づいたときも、悲しくはなかった。

家族というものが個人の集合体で、個々の外的役割を持ちながら、なおかつ集合体の内的役割も分担する。そんな小さな社会を形成しているというなら、理に適っているとさえ思う。

女という個性が、結婚で家に入った途端、『母親』という名の没個性となり、家事育児に加えて生活費までも獲得してくる。なのになぜ、性別を超越した個性を持つことが許されないのか。

真幸の母親自身の、個人的な闘争理由はそこにあったのだろう。カリスマ性の理由も想像できる。

引き換え、父親は凡人だった。

彼は家庭という名の社会の中で、愛した女と平等に生きたいとは思っていなかった。結局は、古い価値観に縛られていたからだ。

浅はかな思想はまたたくまに見破られ、仲間から足を引っ張られて転落していった。活動の責任を押しつけられ、行方不明にならざるを得ない状況に追い込まれたのだ。

父が母を愛していたのか。それを知るために捜しにいくのなら、自分の行動にも言い訳が立つ。真幸はそう考えた。会いたいわけじゃない。生死にも興味はない。

日本を去る言い訳が欲しいのは、浩二との関係が、彼の一言で終わるより先に消えてしまいたいからだ。そうすれば、捨てられる悲しさを知らずに済む。

でも。と、心がすぐに反論した。

真幸が消えたあと、浩二の欲望はだれに向かうのか。それが気にかかって決断が鈍る。男なのか。女なのか。

もしかしたら、今度こそ、秘められた恋の相手そのものに欲求が向くのだろうか。

真幸を犯しながら、こんなことは絶対にできないと言っていた。妄想することさえ冒瀆《ぼうとく》だと言いたげな浩二は、自分を罰したいからこそ真幸を抱く。

浩二は、もっと深い関係を相手に欲し、絶対に相手に対して要求しない行為をすることで、本当の願望を打ち消しているのだろう。

浅黒く彫りの深い浩二の顔が浮かんできて、真幸は自分の身体に片腕を回した。じくじくとした性欲が下半身で目を覚ます。

そろそろ部屋へ向かおうと顔をあげた視線の先に、ロビーラウンジの入り口が見えた。

桜の花越しにちらつく人影へ向かい、真幸は目をしばたたかせる。

広い肩幅、恰幅のいい胴回り。髪をオールバックに撫でつけたあくの強さが、どこか凜々《りり》しい。

浩二だった。浩二が、そこに立っている。

ポロシャツに綿のパンツという休日の出で立ちであっても、すっきりと伸びた背筋から肩甲骨への広がりは男の色気と自信に満ちていて存在感があった。

人と話しているらしい。アレンジメントの花の束に隠れて見えないが、身を屈《かが》めるような仕草をしながら会話する浩二を見るのは初めてだった。三次団体とはいえ、組に戻れば若頭だ。

挨拶《あいさつ》に頭をさげたとしても、こんな腰の低さを見せる男じゃない。

浩二の肩を、相手が気安く叩いた。顔を覗き込む仕草だ。

花の陰から、相手の顔が見えた。

相手は確実に浩二より年下だ。真幸と同じぐらいだろうか。

痩身《そうしん》に、お世辞にも趣味がいいとはいえない大柄のシャツを着ている。場末のチンピラが好むような悪趣味な服だ。高級ホテルには不似合いなはずなのに違和感がなかった。青年が平然としているからだ。

愕然《がくぜん》とした真幸の目の前で、浩二は何度かうなずくと微笑を浮かべた。

「貴重なお時間をありがとうございました」

「いや、いいよ。珍しく暇だったから。おまえこそ、こっちでアレコレあるんだろ。悪かったな、急に付き合わせて」

相手が差し出した手を、浩二は恭しく両手で握り返した。深く頭をさげる。人を人とも思わない傍若無人なヤクザの幹部が、借りてきた猫のようにおとなしい。

「久しぶりに夜通し飲んで、昔に戻ったみたいな気分だった。おまえとサシで飲むなんてないからな」

「呼んでもらえれば、いつでも」

「ふざけんな、って」

笑って言った青年が浩二の手をふりほどいた。腕をポンと叩き、からかうようにニヤリと笑う。

「呼ばねぇよ。おまえみたいなヤクザ」

浩二は緊張しているようだった。硬直している両肩が引きあがり、ただでさえしっかりした骨格がさらにイカリ肩に見える。

覗き見ている真幸は、嫌な予感に膝を震わせた。でも、視線はそらさない。向かい合うふたりを見つめ、いつまでも名残惜しそうにしている浩二の横顔に、絶望のような暗闇を感じた。

まざまざと浮かびあがっているのは、淡い憧れだ。まるで少年が初恋の相手を見るように、浩二の目元は柔らかな緊張を帯びている。見つめ返されると恥ずかしいのに、見つめずにはいられない。そんな、恋するまなざしが、真幸の息を苦しくさせる。

浩二は、こんなふうに人を好きになるのだと、初めて知った。

「ユウゴさん。どうぞ、お元気で」

浩二が、祈るように口にする。

声を聞いた瞬間、真幸は後ずさった。ロビーラウンジから聞こえてくる静かなバロック音楽が、まるで悲劇的なアリアのように響く。

彼を、真幸は知っていた。

ユウゴ。大滝《おおたき》、悠護《ゆうご》。父親は関東一の大組織・大滝組の組長だ。規模では高山組系列に負けるが、結束力と金銭力には定評がある。

「俺になにかあれば、あいつから報告があるだろう。ま、おまえたちよりは、ぜんぜん楽だから。……じゃあな」

悠然と笑い、さらりと背を向けた。出入り口へ歩き出し、途中で足を止める。ひらひらと、子どもっぽい仕草で手を振った。

屈託のない笑顔には、チンピラじみた服さえファッショナブルにしてしまう育ちの良さがある。ヤクザの息子だった彼は、人質同然に大阪へ預けられていた。

一部では有名な話だ。真幸と伊藤の界隈《かいわい》でも話題になった。

幹部の代わりに刑務所へ入り、それをきっかけにして実家との縁を切ったのだ。

「ちょっと、おまえさ〜」

浩二が最敬礼で見送っていることに気づくと、悠護は苦笑しながら戻ってくる。

「やめろよ。そういうの。見るからにヤクザなんだから、迷惑だ。だから、おまえとは会いたくないんだよ。俺、カタギなんだからな。ったく、ほんとにわかってる？」

「いいじゃないですか。次なんてないんですから」

「そういうこと言ってると、来月あたりにまた出くわしたりするからやめろ」

「楽しみにしてます」

「アホか」

大阪時代に覚えたのだろう。浮ついた関西弁で言って、サングラスをかけた。浩二は身体をふたつ折りにするようなお辞儀《じぎ》で見送る。

悠護はあきらめたようだった。おかしそうにくちびるの端を歪め、今度は振り返らずに出ていく。

浩二はしばらく動かなかった。去っていく男の背中を見たくないのだ。会えた喜びの分だけ、別れは苦く胸に募る。

それは真幸も知っている感情だ。ひとりで抱える恋情は、悲しいときほど燃え盛る。

ブルーのシャツの胸元を鷲掴みにして、浩二から目を離せないままで浅く息をした。喘ぐようなみっともなさに気づかず、その場できびすを返す。

ふらつきながら、無人のエレベーターに乗った。鏡に映る自分の姿を睨み、壁へと肩を預ける。

似ているのは背格好だけだった。

名前も知らない、だれか。

浩二が恋焦がれ、実体を犯すまいとしている、だれか。

真幸が身代わりになって犯されていた、その本体が彼だ。

顔はまるで似ていなかった。悪ぶった中にも潑剌《はつらつ》とした陽気さがあり、纏っている雰囲気自体がまるで違う。

それはつまり、なにも、どこも似ていないということだ。

悠護は生きる喜びを知っている。生命力に溢れた彼のオーラが物語っていた。

比べて自分はどうだろう。対比することが間違いだと思えるほど、あまりにも貧相だ。長年の最下層暮らしで不幸が染みついている。

アッパークラスが集う高級ホテルで、あんな下品な格好をして歩く勇気もない。

泣きたかった。でもこんなときに流す涙さえ知らない。

つるりとなめらかな自分の頬を撫でた。息を吐き出すと、胃がきゅうっと痛む。自分のみじめさに吐き気を覚えた。

浩二と悠護はどれぐらいの頻度で会っているのだろうか。久しぶりのように話していたし、次はないようにも聞こえた。でも、そう遠からず会えるようなくちぶりでもあった。

それに、昨夜は一緒にいたのだ。夜通し飲み明かし、浩二は思春期のようなうぶな恋心を人知れず慰めたに違いない。

負の感情は、これから真幸が受け止めるのだ。性欲処理と言わずして、なんと言うのか。笑いがこみあげてきて、真幸は肩を揺すった。

彼が乱暴だったのは、そのたびに悠護と会っていたからかもしれない。似てもいない相手を似ていると言い、感情のはけ口にした。

いままで考えもしなかったなんておめでたい頭だと、嘲笑《あざわら》う伊藤の声が聞こえる。どうして、浩二の相手を幻想のようなものだと思い込んだのだろうか。実在する人間だと悟っていながら、会うこともできないと思っていた。

もしも人を呪《のろ》い殺せるなら、真幸は後先を考えずに悠護を呪っただろう。死んで欲しい。消えて欲しい。跡形もなく、浩二の目の前からいなくなって欲しい。

できるなら、初めから存在しない人であって欲しい。

激しい嫉妬《しっと》に胸が引き裂かれるような気がした。

すべてをあきらめたような物わかりのいいふりをしてきたが、その裏で真幸は、浩二が恋に疲れるのを待っていたのだ。

サンドバッグでも公衆便所でも、なんでもいい。自分にとって浩二が唯一であるように、浩二にとっても、最後のひとつになりたかった。それがたとえ、負の理由でも、攻撃や虐待の対象でもあってもよかった。

でも現実は違う。真幸は鼻紙のようなものだ。使われるごとに消費して、あっという間に一箱が終わる。次に出された箱の名称が違っても、一分もしないで忘れてしまう些事《さじ》だ。おまえなしでも浩二は生きていけると言った伊藤の、意地の悪い的確さが思い出されて胃の奥がむかつく。

このまま帰ってしまいたかった。

今日だけは抱かれたくない。浩二のためならなんでもする気持ちに嘘はないが、今日だけは耐えられない。

真幸だって、人間だ。ありとあらゆることに無感情になり、すべてをあきらめていても死なずにきたのだ。浩二を好きにもなった。心のどこかで、人間でいたいと思ってきた。男たちから汚物処理のように思われても、小銭を稼ぐだけの汚れた身体でも。人としての尊厳は、いつだって自分の胸の中だけにあり、だれにも踏みにじられないはずだった。

エレベーターが指定された階に着き、ベルの音とともにドアが開く。

そのまま階下のボタンを押そうとした真幸の目の前で、ドアが押さえられる。浩二の舎弟のひとり、三笠《みかさ》が待っていた。

明るいお調子者で、真幸のような人間にも気を回し、それが過ぎていつも浩二に怒られている。

「お疲れさまです。兄貴と会いまへんでしたか」

漫才師のような関西弁が三笠の特徴だ。大阪でも南。しかも奈良寄りの出身だ。

真幸はとっさに『閉』のボタンを押したが、ドアを押さえた三笠は気づいていない。

「いえ、会ってません」

仕方なくエレベーターを降りながら、真幸は嘘をついた。

「そうでっか。てっきり迎えに行かはったもんやと思っとたんでっけど」

きつい関西弁をニコニコと笑顔で話す。年齢は三十歳近いはずだが、幼いところが目につく。真幸に向かって、カードキーを差し出した。

「さっき、連絡がありましてん。あと、ルームサービスをもらうことになってまっさかい、先に入っとってください」

キーを受け取って、真幸はその場を離れる。でも、すぐに引き返した。呼び止めると、三笠は驚いたように振り向いた。

「なんや、ありました?」

「……昨日は、大滝さんと」

真幸がそう言っただけで、三笠はへらっと笑った。

「あぁ、見かけはったんですか。そうですねん。偶然、会《お》うたんですわ。それで予定が変わってしもうて、災難でしたな」

「ふたりは、どういう……」

「大阪で預かってるときの世話係ちゅうんが、うちの兄貴で。ここだけの話、代理で刑務所《ムショ》に行かはったアレ。ほんまは兄貴の仕事やったんですわ。それを代わってもらったおかげで、いまがありますねん。そやから、頭があがらんのですわ。堪忍してや」

「え？」

「ドタキャンで、腹立っとるんやろ？」

「まさか……っ」

違うと言おうとしたが、三笠は聞き入れずに首を左右に振った。口が軽くて、思い込みの激しい男だ。美園に殴られても、一時間もすればへらへら笑っている。憎めないキャラクターだが、とことん抜けてもいた。

そういう三笠を、使えないからという理由で切り捨てられないのが美園だ。冷たいようでいて、行き場のない舎弟の面倒は自分の務めだと心得ている。

「部屋、入っといてくださいよ。怒られるん、オレやねんから。ここんとこ忙しくて、呼ばれへんかったし、お待ちかねやで。身体、気ぃつけてや」

ふざけて笑った三笠に追い払われる。

エグゼクティブフロアの、広いツインルームに入ってしばらく待っていると、ルームサービスのワゴンを押した三笠と一緒に浩二が現れた。

真幸はその顔をまっすぐに見ることができず、うつむいて形ばかりの挨拶をする。頭の中ではなんとか理由をつけて帰ることばかりを考えていた。

「兄貴。オレ、シャンパンの栓は、怖《こわ》ぁて抜けまへんで」

三笠の発言で、ワゴンの上のワインクーラーの中身がシャンパンだとわかる。

「あほか、おまえは」

さっさとやれと言わんばかりに浩二が鼻で笑う。

上機嫌なのが声から知れて、真幸はますます憂鬱《ゆううつ》になった。

気づきもしない三笠がくちびるを尖《とが》らせた。

「そんなん言わはりますけど、前にオヤジの前で電球割ってもうて、えらいことになりましたやん」

トラウマですわぁと肩をすくめる弟分の頭を、浩二が勢いのいい平手で殴りつけた。

「もう、ええわ。役に立たん男やな、おまえは」

まるでコントだ。ゲラゲラ笑いながら、浩二は手早く器用にシャンパンの栓を抜いた。

ポンッと小気味のいい音がしたが、コルクは飛ばない。

「注《つ》げや」

渡されたシャンパンの瓶を恭しく持ち、三笠は几帳面《きちょうめん》にグラスへ注ぎ分けた。ふたつのグラスのうち、ひとつが真幸に向かって差し出される。

カッコをつける躾《しつけ》だけが行き届いていて、さすが見栄を張るのが仕事のヤクザだ。でも、

「誕生日でっか？」

と、いらない軽口を叩いて浩二に怒鳴られる。慌てて謝りながら、そそくさと逃げるように部屋を出ていった。

「……誕生日なのか」

浩二から尋ねられ、

「いいえ」

真幸は首を振りながら否定する。

「いいことでも、あったんですか」

自分で聞いておきながら胸の奥が掻きむしられた。ヒリヒリとした痛みが広がっていく。

「あった」

グラスをあおる男のはればれとした表情で、真幸の心はいっそう沈んでしまう。

「もう二度と会わんはずの人と、偶然に会ったんや。おまえも飲めよ」

立派な喉仏が上下するさまに目を奪われながら、気を悪くさせないようにシャンパンを飲んだ。

二度と会わないはずの人、と言われ、ふたりが定期的に会っていると思っていた真幸は

考えが追いつかなくなる。

安堵する余裕は微塵《みじん》もなかった。ふたりが頻繁に会っていなくても、浩二の態度、そして見つめる視線の先にいた悠護のひととなりに、真幸の心は混乱したままだ。

喉の奥で繊細な泡が弾《はじ》け、香りの高いアルコールが鼻から抜ける。高級感に酔いそうな気がして、初めて飲んだ酒を思い出した。

大きな紙パックに入った安売りの焼酎《しょうちゅう》は、喉を焼くばかりで真幸を悪酔いさせた。もう二度と飲むかと思った粗悪な酒にもいつしか慣れ、伊藤にあてがわれる客がたまにくれたビールはたまらなく美味《おい》しく思えたものだ。

シャンパンのように繊細な酒が存在するとは知りもしなかった。それがなぜか懐かしい。

「うまいか」

浩二が珍しくにこりと笑いかけてきた。大きな口から白い歯が見える。

ロビーの隅で悠護に見せていた笑顔が重なり、真幸の胸の奥がまたちりちりと焦げた。

うまく笑顔が作れずに、はい、とだけ答えてうなずく。

残りの少なくなったグラスにシャンパンが注がれる。小さな泡が無数に立ちあがるのをぼんやりと眺めた。

「どんな、人なんですか……」

ふいに声が洩れ、自分が言ったのだと気がついた真幸は顔をあげた。

考えが勝手に口をついて出ただけだ。詮索《せんさく》するなと怒鳴られる覚悟で身構えると、窓辺に立った浩二はあっけなく話し始めた。

「昔の知り合いや。横浜にある組の、組長の息子で、うちの組に預けられとった。俺よりもうんと若いけど、極道の才覚が高うて、世話役やった俺が憧れたぐらいには男やった」

街を見下ろしながらのつぶやきは、ひとり語りだ。真幸は下手な相槌《あいづち》は打たずに、ただ黙って聞く。

「オヤジが跡継ぎにしたいて言うほどの人やったのに、つまらんことで組頭の身代わりになってムショに入って、それからずっと行方が知れんようになっとった」

彼の話をする浩二の声は、静かで柔らかい。真幸が一度も触れたことのない、『他人への愛情』に溢れていた。

「いま思えば、この世界が好きやなかったんやろう。オヤジも組頭もわかっとって逃がしたんやな。そういう、手を貸したくなるような魅力のある人なんや」

両手で握手をしていた意味も、最敬礼で見送っていた理由も腑《ふ》に落ちた。

浩二の感情は、真幸が思うほど生々しくない。

ただただ相手の存在に憧れ続けるだけの恋情だ。切った張ったの世界で生きる男にしては生温《なまぬる》いが、男が男に惚れるということは本来そんなものなのかもしれない。

この世界のどこかで生きて呼吸をしている。そう思うだけで、浩二の心を満たすのだろう。

　初めから似ていなかったのだ。

　真幸はそう思った。浩二にとっては、その場しのぎの言い訳だ。三年前の浩二には真幸のような不幸の吹きだまりが必要だったのだろう。

　だから、似ているはずがない。

「あのひとが幸せやったら、それでええ」

　浩二の言葉に顔をあげた。心を読んだような一言に、打ちのめされる。

　ホンモノは指一本も触れられないほど輝き、しょせん、まがい物はまがい物でしかない。

「今日はホンマにええ気分や」

　シャンパングラスをテーブルに置いた浩二がおもむろにポロシャツのボタンをはずした。

「夕方から会合や。先方が女を連れてくるから、アレンジメントの教室を時間つぶしにやってくれ」

　上着を脱いでベッドへと投げやる。

「わかりました。店に戻って花を」

「そんな時間はあらへんぞ」

　腕を摑まれる。

「いまから風呂に入って一ラウンドや。なんのために呼んだと思っとる」

「花は」

「ここにも花屋ぐらいあるやろ。ないなら近くの花屋を探させるだけや」

そんなことぐらい自分で考えろと言わんばかりの冷たい視線で射抜かれる。

真幸は所在なく肩を落とした。

ついさっきまで、どうやって逃げ出そうかと考えていたのに、セックスをすると宣言されただけで身体はもう火照り始めてしまう。抱かれたくないと思ったことも嘘のようだ。

さっさと身を翻す浩二を追ってバスルームに入ると、タイルで覆われた壁はひんやりと冷気を放ち、真幸をいっそう暗い気分にさせた。

「ヒゲを剃《そ》ってくれ」

シャワージェルを溶かしてバブルバスを作っている真幸の背中に声がかかった。

「その前に、一本やな」

背後から、屈んだ腰を引き寄せられる。全裸になった浩二の屹立《きつりつ》が、布の上から真幸を刺激した。

首筋を噛まれて、肌がぞわりと粟立《あわだ》つ。

一度解放され、真幸は服を脱いだ。その間に、浩二は汗を流してバスタブのへりに腰かける。

全裸になった真幸が泡の中に足を入れると、しゃがむ前に腕を引かれた。

「なんや、もう勃《た》ってんのか」

股間が浩二の目の前になり、恥ずかしさに屹立が震えた。柔らかい茂みから立ちあがる性器をおもむろに摑まれ、男の指が長さを測るように前後する。

ごつごつと節くれた指の乾いた感触に芯が太くなり、剝《む》き出しになった先端が膨らんだ。

「……んっ、ふ……」

「おまえのは小さいな。子供のんでも、もうちょっとあるやろ」

真幸は答えなかった。浩二のイチモツに比べれば、ほとんどの男が短小の部類に入ってしまう。彼が飛びぬけて立派すぎるのだ。

「気持ちがええんか。もうヨダレが出てんぞ」

片手でこすられながら、先端をぐりぐりと乱暴に揉まれる。腰が疼いてたまらず、身をよじった。

「先に口でやってくれ」

握るときも突然なら、手を離すのも唐突だ。真幸は文句も言わずにその場に膝をつく。

細かい泡が揺れて、ラベンダーの爽《さわ》やかな匂いが浴室に満ちた。

壁に背中を預けて座る浩二の足の間で、それはもうじゅうぶんな状態でそそり立っていた。根元から太く、境がはっきりとした亀頭部分はいっそう大きい。手で摑んでこすった。

浅黒くいやらしい色をしたペニスは脈打ち、血管が浮き出て、怒張と呼ぶに相応《ふさわ》しい。

この太さに貫かれるのかと想像するだけでめまいを覚え、真幸はまぶたを閉じた。初めの数回は痛みしかなかったのに、回数を重ねるごとに慣れた。それが浩二を喜ばせもしたし、淫乱《いんらん》だとあきれさせもした。

いままで何人もの男を相手にしてきた真幸だったが、後ろで感じたのも挿入されて勃起したのも浩二とのセックスが初めてだ。その理由を愛情だと思ったのは、育ちの悲惨さのせいだろうと、真幸は冷静に考えた。

手にしたものを根元から丹念に舐めあげて、カリの部分に舌を這わせる。それから先端の鈴口を何度も舐めた。シャワージェルの溶けた湯は舌をわずかに痺れさせたが、舌触りが愛《いと》しい。

愛情の発端がさびしさだったかどうかなんて、いまはもう関係のないことだ。

セックスが始まれば、悠護のこともどうでもよくなる。

頭上から満足げな浩二の息が降りかかり、それだけで恍惚《こうこつ》とするほど嬉《うれ》しくなれるからだ。

真幸は夢中になってフェラチオを続けた。脈打ちながら、さらに硬さを増す屹立を手でしごき、大きく唇を開いてくわえる。

顎がはずれそうな太さを口に含みながら舌を動かすのは無理だ。頭部を動かし、唇でカリの部分が引っかかるように愛撫する。口の中に溜まった唾液がジュブジュブといやらしく音を立てた。真幸はわざと音をさせてしゃぶりつく。

それが浩二の好きなやり方だと知っているからだ。

「ん、ぐっ……」

浩二に頭を摑まれ、真幸は引き締まった太ももに手を置いた。呼吸の苦しさに涙が滲んだ。

いっそう大きく口を開いて、喉の力を抜く。奥まで突っ込まれ、鼻で激しく息を繰り返す。それでも呼吸はままならない。

浩二は遠慮もなく、真幸の喉を犯した。

昨日の男たちと同じだ。でも、犯される真幸の気持ちがまるで違う。

「んッ、ふッ……、んッ、ふッ……」

目を閉じて浩二の手に任せ、真幸は限界までこらえた。喉の奥に亀頭の丸みが何度も当たり、そのたびにえずくのをやり過ごす。

ふーふーと鼻で長い呼吸をしていると、頭の芯がじんわりと痺れ始め、不思議と下半身が熱くなる。大きく開いた口が性処理の道具になり、男の腰へと無造作に押しつけられる。涙で滲んだ視界をまぶたで塞ぎ、顔に当たる浩二の陰毛の匂いを感じた。むき出しの性欲を見せられ、腰が疼く。自分のそれを触りたくて、たまらなくなる。

「あっ……、はぁっ、はぁっ」

おもむろに引き抜かれ、目の前が白くなりそうな酸素不足を必死の呼吸で取り戻した。顎の感覚が麻痺《まひ》している。

「後ろに出すぞ。乗れ」

足元でうずくまっていると、肩を押しのけられた。

傾斜のかかったバスタブの端に腰を預けて仰臥《ぎょうが》する浩二の足の長さは、外国からのゲストに合わせて作られたサイズにぴったりだ。息を整える時間もなく、真幸は対面座位の姿勢で腰にまたがる。

「今日はそれやと、入らん。向こう向いて、ケツ突き出せ」

なんの準備もなしに飲み込める太さではないと、浩二が笑いながら太ももを叩いた。

言われた通りに背を向けた真幸は、太い指で入り口をなぞられ、きつく目を閉じる。

指はずるりと中に入り、息が詰まった。

「準備がええな、真幸。してきたんか」

「あ、あっ……！」

ぐるりと内壁を掻いた指が抜かれ、今度は二本差し込まれた。

「うっ、……んっ、ん……」

浩二の要求はそのときどきの気まぐれだ。準備のないままで貫かれると裂傷の痛みが長引くから、真幸は自分である程度ほぐしておく。

店で犯されるときは浩二もあれで手加減をしているらしく、ローションを手荒く施すことを忘れない。この三年でどちらがというのもなく作った暗黙のルールだ。

こうしてホテルでするときは、真幸が準備をしているとわかっているせいか、用意していてもローションを使わなかった。ぬめりが良すぎると締まりが悪くなるというのが浩二の言い分だ。

「あ……ふっ……」

中で指を広げられると、湯が入ってきて、敏感な場所が熱におののく。片手で開かれ、もう片方の指をねじ込まれた。

「あ、あぁ」

真幸は思わず力を入れた。浩二の指を強く締めつける。

かまわず入ってきた指が出たり入ったりを繰り返す。そのたびに内壁は湯の熱さに犯された。

「い、いやっ……、やっ……」

指が乱暴にぐるぐると、壺《つぼ》の奥をほじるように動き、じわじわと湧きあがる快感が、血管を巡るように全身へ広がり、情欲がたぎる。

真幸は思い出した。

青年を見ていた、浩二の目。自分には向けられることのない、心のこもったまなざし。

手に入らないものをあきらめる術《すべ》なら、知っているのに。

他人のように遠のいた心は、振り子のように戻ってきて、真幸を痛めつける。考えたくない。もう考えたくない。

なのに、考え続けてしまう。

「こんなにひくつかせて。浅ましいな。そんなに欲しいんか」

浩二の声になぶられて、真幸はのけぞるように背中をしならせた。かぶりを振る。

結局はふたりともが、自分の快楽を追いかけ、身勝手に楽しんでいるのだと真幸は思った。

浩二だけじゃない。真幸も自分の欲に溺れている。

お互いに自慰行為の延長線上だ。

似ていないからこそ、浩二は真幸を選んだのかもしれなかった。本当に似ていたのなら、もっと大切に扱われていただろう。

それとも、浩二が晴らしたかったのは愛情ゆえの欲望ではなく、自分よりも優れた年下への鬱憤《うっぷん》だったのか。

浩二のそういうストイックさを、真幸は知っている。サディスティックなのも、相手が男だからだ。女相手なら、浩二はもっと優しい。浩二と関係を持っていた知佳のくちぶりで想像がつく。

似ているのか、似ていないのか、本当のところがどうなのかなんて口に出せるはずもなかった。

聞けば、逆鱗《げきりん》に触れる。それが恋であれ、妬みであれ、浩二が秘密にしている想いなら、なおさらだ。

真幸は浩二の嘘を糾弾しないと決めた。

飼い犬らしく従順にふるまうだけが、真幸のできることだ。

そして、少しでも長く犯されていたい。できることならもう一度、似ていると嘘を言って欲しかった。

「も、もう……」

「欲しいか、真幸」

低い声に揺さぶられる。答える余裕はない。

「……ひっ、あ、……」

おもむろに腰を摑まれ、銃身のように硬く勃起した性器に入り口を突かれた。

ほぐれた肉が、張り詰めた先端を飲み込もうとした瞬間、引き抜かれる。

「あ、あぁっ……。くだ、さい……。お願いします。……もう」

我慢ができなかった。腰がしきりと左右に揺れる。

「挿《い》れてッ、くだ、さい……」

「自分でやれや。好きなだけ動いてええぞ」

「……んッ……」

向かい合って、反り返るように勃起している浩二を手にして腰を落とす。

「おい、そんなノロノロやってると萎《な》えるやろ。さっさとやれや。ブチ込むぞ」

並みではない太さを自分で身体に埋めるにはテンポがいる。先端からゆっくりと抜き差しを繰り返して埋めなければ、痛みだけが伴って苦しさが続く。

「ま、待って……う、はぁっ……」

「ほら、早よせぃや。こっちもしごいてもらわな、しんどいやろ」

浩二が腰を二度突きあげた。

「あ、くぅ……！」

湯の熱さを感じ、真幸はとっさに腰を浮かす。でも、

「……ふっ、う、んん……」

追ってくる亀頭が入り口をこじ開けた。

「あっ、は、ぁ……あぁっ……！」

うつむいた真幸は髪を振った。股間の屹立が、触ってもいないのに痛いほど反り返る。

「まだ入れてもないやろ」

「うっ、ううっ……」

真幸は奥歯を噛み合わせて絶頂感をやり過ごした。

「あ、はぁっ、はぁっ」

息を乱しながら、ゆっくりと腰をおろす。逞しい怒張に肉を押し広げられる圧迫感は快感に直結した。

柔らかい内壁が彼を包んで蠢《うごめ》くのが、自分でもわかる。先端を自分の気持ちのいい場所へと誘導してこすりつけた。

痺れが背中を駆けあがり、真幸はうっとりと目を閉じて息を吐く。

「この、ド淫乱」

罵《ののし》ってくる浩二の息もあがっている。

濡れた大きな手で掻きあげた髪は、仕事のときほど固めていない。そのスタイルが崩れた。

額に乱れた髪がかかり、男振りに艶《つや》が加わる。

「……んっ。……はぁっ、ん……。あぁ……」

バスタブに手をかけて、絞りあげるように腰をひねりながら動けば、快感が打ち寄せる波になっていく。泡の浮いた湯が揺れた。

目を閉じてバスタブへ身を委《ゆだ》ねた浩二が、大きな呼吸を繰り返す。眉根に寄ったシワが、快感を得ている証拠だ。

もっともっと喜ばせたくて、真幸は必死になって動いた。

「あ、あぁッ……あぁッ……」

喘ぎながら、身悶えて腰を振る。

絶え間ない絶頂に襲われ、指に色がなくなるほどバスタブを強く摑んで震えた。

「締め、すぎやっ……」

浩二が舌打ちした。湯の中で揺れていたモノを握られた瞬間、真幸は、

「ひぁっ……ぁッ！」

ダメと言う間もなく、あっけなく弾けた。びくびくと身体が痙攣《けいれん》して止まらない。

「そんなに、絡みつくな。動きにくいやろ」

腰を摑まれ容赦なく下から突きあげられる。絡んでいるのは真幸の内壁の肉だ。浩二を根元まで飲み込み、ぎゅうぎゅうと締めあげている。

「……ぁ、ヒッ……！　あ、アァッ、アァッ……！」

まだ息も整わない射精したばかりの敏感な身体を貫かれる。射精寸前の浩二の膨張は、圧迫感を通り越して凶器に近い。

「く……ッ。出すぞ、真幸。もう一回イけや……」

「いやッ、イヤッ……イヤァッ……ッ！」

真幸は悲鳴をあげて身をよじった。逃げることはできない。

最奥まで貫通した先で、浩二は暴発した。どくどくと音を立てる勢いで、荒れ狂う奔流がほとばしる。

最後まで絞り出そうとするピストン運動に意識が奪われた。目の前が真っ白になり、快感と呼ぶにはすさまじい肉欲の激しさに揺さぶられる。

首の後ろを掴まれて引き寄せられ、唇に噛みつかれて意識を取り戻す。

「んっ、んんっ……ふ、ぅ……んッ」

ぬるぬると絡む舌の愛撫に、真幸は小さく痙攣して泣いた。

悲しい。

わけもなく、かなしい。

目を薄く開くと、キスするときにまぶたを閉じたことのない浩二と目が合った。

騙され続けたいと、心の底から願う。

どんな扱いを受けても真幸は彼を愛している。

捨てないで欲しい。

真幸がホンモノと似ていなくても、使い勝手のいい性欲処理道具として、これからもいままで通り支配を続けて欲しい。

胸がざわめいた。火傷《やけど》のように、爛れていく。

くちびるを離すと、舌先の唾液が糸を引いた。濡れた顎先を掴んだ浩二に、顔を覗き込まれる。

　真幸は疲れきった身体で乱れた息を繰り返していた。

「どこが、似てると思ったんやろうな」

　なにげない浩二の言葉だった。その瞬間、パシンと弾ける音を真幸は聞いた。ふたりの間を繋ぐ糸が切れる音を聞いたのかもしれない。耳を塞ぎたいのに、腕が重くて動かず、やめてくれと必死に目で訴えても、浩二は気づこうともしなかった。

「あのひとと、どこも似てへんなぁ」

　浩二の笑みは、残酷に真幸の心を引き裂く。

　唯一の存在意義が、あっさりと揉みくちゃにされて投げ捨てられる。

　あとはもうなにも聞こえなかった。

　ロビーに立つふたりを見たときから予感はしていた。

　真幸はどこも彼に似ていない。それを知った瞬間から、来るときが来たとわかっていた。浩二の自己暗示が解ければ、真幸の三年は色を変えてしまう。浩二がこれまで悠護と会っていなかったなら、なおさらだ。

　真幸と悠護は似ていない。でも、似ているような気がするだけで良かったのだ。それが浩二に、真幸を選ばせた。

　どこも似ていない場末の男娼だとしても……。

けれど気づかれたら終わりだ。そもそもの関係意義がなくなってしまう。メッキは剝がれ、二度と元には戻らない。

真幸はそれを恐れていたのだ。言い訳を重ねることにはもう疲れた。捨てられて生きていけるのかと言った伊藤の声が耳元によみがえる。近くても未来の話だったはずだ。先の話だと思っていた。

それがいま、背筋を凍らせている。

生きていけるはずがない。やっと得た生きる価値を失って、このままでいられるはずがない。真幸は震えた。

「まだ欲しいんか……。時間がないんや。どけよ」

いっそ殺して欲しい。捨てるなら。

身体に埋めた杭を引き抜かれる感覚に喘ぎながら、真幸はぼんやりと目を伏せて、心の中でだけ叫んでいた。

4

冷静さを失わない母親の声が聞こえた。かぶせるようにして話しているのは父親だ。

夢を見ていると、真幸は理解した。

母親が返す答えに、父親がまた突っかかる。口論にもなっていないのは、父親ばかりが興奮しているからだ。

思えば、ふたりはいつもそうだった。自己を確立している母親がなにごとにも筋を通し、不勉強な父親はいつも軸がぶれていた。だれかに会えば、その論調に引きずられ、また違う日には別の説を自分の意見のように口にする。

妻を言い負かしたくてたまらなかったのだろう。母親が不在のときは、伊藤を相手にグチっていた。

おまえはかわいくないと父親に言われても、数多くの信望者を持っていた母親は微笑《ほほえ》むだけだ。

父親が不在のとき、伊藤はやはり真幸の家にいて、熱心に真幸の母を口説いていた。

夢の中でも、父親は伊藤との仲を疑って責めた。母親は、旧世代の家族観には囚《とら》われたくないと答えた。

わたしはあなたの所有物ではないと言った。そして、あなたが所有されたいならそうするけれど、自分は望んでいないから放っておいてくれと繰り返す。

父親の顔が真っ赤になり、肩がふるふると震えた。

母親が殴られたかどうか、真幸には記憶がない。おそらく、それはなかったのだ。母の顔に傷がつけば、組織の人間たちが色めき立つ。父親はそれをよく知っているようだった。

夢の中の真幸を、母親が覗《のぞ》き込んだ。

愛なんて、と言われる。

愛してもらおうなんて、考えるだけ無駄よとささやかれる。

身体《からだ》が硬直した。強い引力で動けなくなる。

真幸はなにかを答えようとした。でも、口はから動きするばかりだ。

いつしか、夢の景色が変わり、真幸は薄い布団の上に転がされていた。切れかけたライトがチカチカまたたく。のしかかっているのは伊藤だった。抵抗した頬《ほお》を張り飛ばされ、脱がされたばかりの服が口に押し込まれる。

どんなに叫んでも、無駄だった。泣き声はくぐもり、伊藤をいっそう興奮させる。

浩二なんてあきらめろと伊藤が言う。

好きになった分だけ不幸になる。それはおまえじゃなく、相手の方だと、真幸の細い身体を揺さぶりながら伊藤が笑う。

這《は》いつくばって腰をあげる従順さ以外に求められるものがあるとしたら、それは卑猥《ひわい》な言葉だけだ。

夢の中の伊藤が言う。身の程知らずが、と。

我慢していれば、だれかの代わりになれると思ったのか。

しょせん、おまえは人形だ。中身は空気だろう。肉でさえない、空気人形だ。

罵《ののし》られながら犯され、返す言葉はなにもない。揺さぶられ、穿《うが》たれ、痛みだけが夢の中でリアルだ。

浩二の名前を呼ぼうとして、真幸は口の中の布を噛《か》んだ。

どんな関係でもいい。そばにいたかった。

浩二だけが、気持ちよくしてくれたのだ。心も身体も、浩二といるときだけは熱く火照《ほて》り、血の通う人間でいられた。

殺してくれと、真幸は叫ぶ。

口の中の布はどこかへ消え、這いつくばった後ろから伊藤に貫かれる。手を伸ばした先に、浩二がいた。広い背中が真幸を拒絶する。

浩二が救ってくれた命だから差し出すのじゃない。ただ、浩二のことが好きだから、もう終わりたい。すべてを終わりたい。

殺して、ともう一度叫ぶ。

伊藤が髪を鷲掴《わしづか》んだ。苦しいだけの出し入れで、身体が揺さぶられる。

浩二は振り向かない。伊藤の笑い声だけが響く。


はっと目を覚まし、真幸は天井を見た。

そこがどこなのかと考えるよりも先に、浩二の顔を思い浮かべる。幸せな気持ちにはならなかった。それはずっとそうだ。

好きだと思ったときから、その前も、だれかを思って胸が熱くなったことはない。浩二とも、セックスだけがすべてだ。

自分が泣いていると気づき、見ているのは自宅の天井だと冷静に考えた。

与えられた店の二階が、真幸の自宅だ。

悠護を見かけたのは二日前。浩二と最後に会ったのも、同じ日だ。夕方までセックスをして、会合に出席した男たちの愛人のためにフラワーアレンジメントの講習会をした。

そのあとでもう一度、酔った浩二に犯されたのだ。

別れを切り出されはしないかとヒヤヒヤした真幸は快感に乗りきれず、浩二に見透かされて家に帰された。心配してくれたのは、三笠だけだ。

「なんか好きなもん買《こ》うて食わせたれ、って、言われたんやけど。なにが好きなん？　食べたいモノ、あるん？」

車を運転しながら問いかけてくる三笠はいつも通りの饒舌《じょうぜつ》さだった。コンビニに寄って欲しいと答えると、低く唸《うな》った。

「饅頭《まんじゅう》とケーキやったら、どっちが好きなん。ラーメンとそばやったら？　寿司と焼き肉、どっち？」

「え……」

「そやから、兄貴に探ってこいって言われてますねん」

「……内緒じゃないの？」

後部座席の真幸がおそるおそる言うと、三笠はあっと声をあげて口ごもった。

「あー、黙っといて……。また、やってしもうた」

「探るって。食事の好み……？」

「そうそう。そうやねん。あぁ見えて、あれやん。うちの兄貴」

なにが言いたいのか、わからない。

傲慢《ごうまん》に見えて……、だろうか。実際はどうなのかを聞く前に、車がコンビニの駐車場に入る。

「三笠さんが連れていってくれるの？」

真幸が言うと、店内用のかごを手にした三笠は、驚いたように振り向いた。

「なんでですのん。兄貴やで。なにを食っててんのかって、いっつも、気にしてんで」

「それは、さ」

密売の片棒を担いでいるからだ。いつまで続けるのかは知らないが、まだルートとしては必要とされている。

真幸が遠慮すると知っている三笠は、プリンやヨーグルトや、サラダを適当に見繕ってかごに入れた。

「兄貴は、ミックスジュース好きやねん。こっちにはないな」

大阪の下町の喫茶店にならたいがい置いてある。真幸もときどき飲んだ。

浩二の組へ売られる前にも、伊藤は押しつけがましく奢《おご》ってくれた。最後の晩餐《ばんさん》のつもりだったのだろう。

「でも、ほんま、たまにやで。たまに。あかん、あかん。また余計なこと、言うとこや。チャックしとくわ」

つぐんだくちびるに沿って指を動かす。でも、十秒もしないうちにまた口を開いた。

「あんたのところのルート、閉じるって噂《うわさ》やで」

あっけなく言われ、唖然《あぜん》とする。

「まぁ、うちの組がやらなあかん仕事やないし、苦労してはるけど、なんとかなるで。店はそのまんま……、どないしたん？」

顔が青いと心配され、血の気が下がったと答えて外へ出た。会計を済ませた三笠が慌てて追いつき、車に乗せられる。

「さっきの話、いつから……。いつから、考えてたと思う？」

「後ろで横になっとき。顔、真っ青やで。色ないやん。こわいわ、めっちゃこわい」

だいじょうぶか、だいじょうぶかと騒がれ、真幸は笑いながら手のひらを見せた。焦れば焦るほど、三笠はわたわたとしておかしい。

「病院行かへんでええんか。……まぁ、昼ヤッて夜もなんて、兄貴もたいがいやわな。女でもキツイって嫌がるのに……あ」

失言だったのだろう。三笠は顔を歪《ゆが》めた。

気にすることでもないと言いたかったが、本格的に血の気が下がり、真幸は押し黙って後部座席に横たわった。

三笠はいつも気を使ってくれる。その理由を問うても、明確な返事はない。彼が口下手なのに加え、浩二から余計なことを言うなと口止めされているからだ。

でも、その必要もなくなる。真幸が受け持っている密売ルートが閉じられたら、真幸が浩二に管理される理由も消えるのだ。

真幸は、悠護と自分に似ているところがあるのか、三笠に尋ねてみようとしてやめた。きっとがっかりする。そうわかっていたからだ。

三笠とのやりとりを思い出しながら、真幸はベッドの上で膝《ひざ》を抱えた。

三日後には出国すると言っていた伊藤からの連絡はない。予定が変わったのだろう。またふらりとやってきて、渡航費をまかなうための売春をさせるのかもしれない。

嫌だと思ったが、いまの真幸には、それを断る気力を振り絞れそうになかった。

浩二との仲が終わったら、自分はどうなってしまうのだろう。存在価値を見失っても、自ら命を断てる自信はない。なにも自分では決められず、流されて生きてきた。浩二を失えば、また伊藤に引き戻されるだけだ。

抱えた膝へと額を押しつけ、真幸はただ、ゆらゆらと揺れた。

＊＊＊

こういうときに仕事があるのは、ありがたい。

単純な肉体労働であればあるほど、救われるような気持ちになる。

店を開け、その日の注文を確認して、メールチェックや仕入れに追われて時間が過ぎていく。知佳が作った見本通りにアレンジを作り、客との約束に合わせて家を出る。

戻ってきたら、昼食を取って、また次のアレンジに着手した。

なにも考えたくないと思ったが、脳裏にはいつも浩二の姿がある。なにげない仕草、乱暴なしゃべり方。そして、激しい息遣いと、汗の匂《にお》い。身体の芯《しん》が痺《しび》れるような記憶を押しやり、真幸はほんのわずかにくちびるの端を曲げる。

悠護のことや、これからのことを忘れるには、回りまわって、浩二のことを考えるのが一番だった。真幸をなによりも傷つけ、そしてなによりも浮足立たせてくれる。

こんなにも心が痛むことはなかったと、伊藤との過去に比較してうつむく。

「こんにちは……」

店のドアが開き、珍しい客が顔を見せた。知佳だ。

驚いて立ちあがると、ふくよかな頰をほころばせながら中へ入ってくる。

「近くまで来たものだから……たまには、覗いてみようかと思って」

店の中をぐるりと見渡した。

「すっかり、真幸さんの店ね」

「事務所も見ますか?」

「じゃあ、少し」

真幸が先に立って扉を開けると、事務所の荷物の少なさに目を丸くした知佳が振り向いた。

「私より整頓《せいとん》上手ね」

「荷物が多いのは苦手なんです」

「私はダメだわ。なんでもかんでも置いていたくて」

知佳が店へと戻り、真幸はペットボトルの緑茶をコップに移して出した。大きなテーブルに向かい合って座る。

「長居はしないから」

壁に並んだ見本代わりのアレンジメントを眺め、知佳は懐かしそうに目を細めた。いまの季節に合わせて並べているが、三年分の春夏コレクションだ。知佳が造花で作ったものだった。

「知佳さん。話があって来たんじゃないんですか？」

アレンジメントを作りながら促すと、柔らかな曲線を描く肩が上下した。

「近くまで来ただけだって、言ったじゃない」

不満げな声で答え、頬杖《ほおづえ》をつく。真幸の指先をじっと見つめ、

「美園さんが上京しているんでしょう？」

本題を切り出してくる。真幸はうつむいて、仕事を続けた。

「ここ、閉じるの？」

「そんなこと、だれから聞いたんですか」

「……風の、噂」

知佳は答えづらそうに、ぽそりと言った。やっぱり、浩二に近しい人間と交際している

のだろう。おそらく東京に詰めている構成員のだれかだ。

「詮索《せんさく》はしません」

真幸が顔をあげずにいると、知佳はほっとしたように息をつく。

「助かるわ。……協力せずに済むなら、それがいいと思うのよ。閉じる前に見ておこうと思ったの。だけど、こんなに素敵な店、もったいないわ」

「どうですか。支店にしたら」

「……真幸さんが続けてくれるなら、考えないでもないけど。美園さんと大阪へ行くんでしょう？」

「え？」

突拍子もない話だった。

唖然として顔をあげると、それに驚いた知佳も目を丸くする。

「まさか、組事務所に詰めるわけじゃないでしょ？」

「そういう話になってるんじゃ……」

「知佳さん、だれから聞いたんですか」

「詮索しないって言ったばっかりよ」

眉《まゆ》をひそめた知佳が小首を傾《かし》げる。

「美園さんらしいわね。相手の都合なんて聞きもしないで、勝手に決めるの。わたしのときもそうだった。花屋でもできたらいいなって言っただけなのに、不動産屋と勝手に契約して。やるしかなくって……。べつに、大阪に呼んでもらえるなんて、思ってはなかったけど」

視線が真幸を通り越し、壁のはるか向こうを見つめる。

知佳はしばらく待っていたのだろう。身勝手な男が突然やってきて、嵐《あらし》のように生活を壊し、そして連れ去ることを、恐れながらも待っていたのだ。

「僕だって、同じです。まだ美園さんからは、話も聞いてません」

「ひどいわね」

視線を戻した知佳が自分のことのように頬を膨らませた。

三笠から食事に誘うつもりらしいとほのめかされ、真幸はここ数日連絡を待っていたが、なしのつぶてだ。

いつもの通りに放置され、それでもわずかな期待と不安に心が揺れる。きっと、そのときに話すつもりなのだろう。

「……ねぇ、真幸さん」

知佳が遠い目をして笑う。

「落ち着いたら、手紙を書いてね。カードを送ってくれるだけでもいい。わたしからは返事しないけど」

「どうしてですか」

手紙が欲しい理由と、返事を書かない理由。どちらを聞きたいわけでもなかった。そんな感傷的なことを言い出す、知佳の心の中が知りたい。

「死んじゃったら、つまらないから」

知佳はぽそりと言った。

「あのひとに必要なのは、死んでくれる人間じゃないのよ。そんなの、ほかにもいっぱいいるじゃない。そばに、ただいるだけのひとが、必要な男なのよ。甘ったれで、わがままで、横暴で、威張ってて、手も早くって最低だけど、わたしも好きだった」

それは僕じゃないと、喉元《のどもと》まで出かかった言葉が萎《しぼ》んでいく。

美しい幻のような夢だ。真実だったなら、きっと、触れただけで気が狂う。

「一緒にいたら、不幸になってた。叶《かな》わない夢だから、ずっと待っていられたけどね」

知佳が立ちあがる。

「……僕なら、不幸になってもいいと……」

とっさに出てきた言葉に、知佳は少女のように笑ってみせた。無邪気を装った辛辣《しんらつ》さで、こくりとうなずく。

「だって、真幸さんはもう不幸でしょ。なくすものなんて、なにもないでしょ」

知佳の瞳《ひとみ》が薄暗く翳《かげ》る。嫉妬《しっと》に狂った女の目は、ほかの男を得てもなお、真幸だけに与えられる不幸を羨《うらや》ましがるのだ。

浩二といれば不幸になる。

苦く淀《よど》んだ未来だ。だけどそれが、幸福よりも苦いと、だれが決めたのだろう。

「わたし、男に生まれたかった」

店を出ていく間際、別れの言葉も口にせず、知佳は言った。

無駄なことだと、柔らかな肉づきの背中を見送る真幸は繰り返す。

男に生まれたから、自由になれるわけじゃない。

男には男の苦しみがある。

性別を取り換えただけで解放される程度の悩みならたいしたことはない。女に生まれ、男のように生きようとした母の言葉がよみがえる。

真幸の頬を撫《な》でた母親は、産みたくなかったわと言った。

産めば重荷が肩に乗る。女だというだけで、出産と育児の業を背負わされ、大変だねと口先ばかり優しい男たちを恨まなくてはいけないからだ。

あのとき、真幸はごめんねと答えた。不幸だわと答えた母親は、言葉とは裏腹に微笑んでいて、真幸はもう一度、ごめんねと繰り返した。

女に生まれてきていたら、死んだ母親の無念を背負ってやることもできたのに。男に生まれてきたばっかりにそれも叶わない。

遠ざかる知佳の背中を見つめ、冷めていく心の尖《とが》りをなぞる。

浩二と大阪へ行くことはないと、はっきり言えなかったのは、知佳に対する対抗意識があったせいだ。ほんのわずかな時間でも、知佳と浩二の間には愛があったと思うから。

浩二は、女を不幸にできないと知佳を捨てた。

どんなに願っても、同じようには扱ってもらえないと真幸は知っている。知佳は女で、真幸は男だ。ついているか、ついていないか。ただそれだけのことだとはだれにも言えない。

性差は絶対的な普遍的価値だ。本当に男女が平等になれるとしたら、それは性差を踏まえた上で語るべきバランス論でしかない。

耳の奥に、父親と母親の言い争う声がする。

亡霊の声に悩まされる人間のように、真幸は眉をひそめて店の中へ戻った。

カントリーナチュラルの店内を見渡し、終わりは突然来るのだろうと覚悟を決める。

前触れなんてないと知っているから、知佳はここへ来たのだ。

最後の最後で呪《のろ》いをかけるような真似《まね》をされたと気づき、真幸は声を出して笑った。

彼女は、やはり女だ。それを自分でも知っている。

男に生まれたかったと欲ばりながら、浩二との不幸を真幸に押しつけるとうそぶき、女に生まれた幸せに身を任せることの正当性を得ようとしている。

女のしたたかさに血の通った熱さを感じ、自分が女だったらと考えて、すぐにやめた。

真幸は静かに息を吸い込んだ。また別の不幸があったことを考えるなんて、無意味だと思い、仕事へ戻った。


伊藤からの手紙が届いたのは、翌日のことだった。見知らぬ差出人は偽名だろう。

問題が起こり、身動きが取れないと書いてある。付け加えられているのは連絡方法だ。

真幸が拒絶するとは微塵《みじん》も考えず、自分から足を運んでくると思っているのだ。

でも、潜伏しなければならない状況へ陥ったことは間違いないようだった。今度はどんな失敗をしたのか。想像するだけでうんざりした気分だ。

失言と女性トラブルで同志の反感を買うのが常で、ときどき驚くほどうかつなことをして警察に目をつけられる。そのたびに組織から除名処分を突きつけられて逃げ回り、ほとぼりが冷めた頃に金を持って戻るのだ。もちろん都合のいい言い訳も忘れない。

伊藤のような男につきまとわれる自分の不運を笑いながら、真幸は売上記帳の作業を終えた。今日の仕事はこれで終わりだ。

長いようで短い一日は平穏に過ぎ、待っているのは伊藤からの便りじゃないと思う。

浩二の声を聞きたかった。セックスがなくてもいい。今後のことを聞いたら、覚悟は固まる。

ふたりのこれからの関係については、聞けないだろう。

悠護と似てもいない自分をどうして拾ったのか。それを最後に聞けたらと思うが、それも身の程知らずな望みだ。

疑問に対して当然のように答えが用意されていると思うほど楽観的な性格でもなかった。

この三年間。自分は幸せすぎたのだ。

ひとりの男に囲われ、数ヶ月おきに犯された。その行為は乱暴だったが、死にかけたことは一度もない。初めのうちは殴られたが、浩二の望む調教が済めばおさまった。

基本的な性癖はノーマルで、自分より弱いものを追いつめる性分でもない。からかって遊ぶ程度だ。

子どもの頃は、さぞかし威勢のいいガキ大将だっただろう。目を閉じれば思い浮かぶようで、彼のことをなにも知らない自分に酔った。

浩二がどんな家庭で育ち、どんなヤンチャをしたのか。

どうしてヤクザになったのか。

初恋の相手、初めての女。悠護に対する憧《あこが》れと嫉妬に苦しむ前から、男を相手にセックスをしていたのか。

すべてのことには明確な答えがある。だけど、これまで真幸は興味を持たなかった。自分の都合のいいことばかりに答えを求めてきたのだ。

事務所の電話が鳴り、静かに立ちあがった。電話を取り、店名を告げる。

相手の声は聞こえなかった。雑踏の中にでもいるような騒がしい音が、討論を交わす男たちの声に聞こえ、とっさに伊藤を想像した。

でも、呼びかけない。伊藤ならばいっそ、このまま電話を切りたい。

耳から受話器をはずした真幸は慌てた。もう一度、耳に押し当てる。

電話の向こうで、浩二を呼ぶ男の声がした。電話口に立つ浩二が答える。

東京の事務所で問題が起こったのだろう。右往左往している男たちに向かって、鋭い声で指示を飛ばしている。その厳しさに、真幸は震えた。

電話をかけたものの、話せるような状況ではなくなったのか。いきなり切れて、電子音だけが響く。それでも、真幸は動けなかった。

迷いなく怒鳴っていた浩二の声を反芻《はんすう》して、浅く息を吸い込む。胸が痛むほどに心臓が高鳴り、喘《あえ》ぎながら壁に手を押し当てた。

呼び出しがかかったら、最後になる。

切り出されるのは別れ話だ。つけられた首輪がはずされ、どこへでも行けと追い出される。

家や仕事を失うことに未練はなかった。真幸の後ろ髪を引くのは浩二の存在だけだ。

すがっても、蹴《け》り飛ばされるだけだろう。

ふいに、浩二の晴れやかな顔を思い出し、真幸は苦々しく顔を歪めた。

悠護のことを話してくれたとき、彼はすべてを吹っ切っていたのだろう。胸の中の鬱屈《うっくつ》は、あのときすでに掻《か》き消えていたのだ。

だれかを身代わりにして、鬱憤を解消する必要もなくなったとしたら。

終わりだと、真幸は実感した。

さよならを言う仲じゃない。もしも、浩二から言われることがあるとすれば、それは密売に関する口止めだけだ。

約束する代わりに最後のセックスをしてくれと頼むことさえできない。いっそ殺してくれと頼んでも、他のだれかが差し向けられて痛めつけられるのがいいところだ。

知佳の顔が脳裏によぎり、交わした会話の内容を思い出そうとしてあきらめる。どうして彼女は、真幸が大阪へ行くと思ったのだろう。

男を愛人にしたことが、それほど特別なことに見えたのか。

改めて聞きたい衝動に駆られ、電話帳を繰った。でも、手を止める。

都合のいい答えを探しているだけだった。いまの真幸にとっては、知佳の勘違いに頼るしかない。でも、優しい言葉なんて期待しても無駄だ。

受話器を戻した瞬間、電話が鳴った。

慌てて取ると、

「えらいことになりましてん」

息せき切った三笠の声がした。

「落ち着いたら、連絡しますよって、店はそのまんま営業しとってください」

後ろからは、やはり男たちの声が聞こえる。

「なにがあったんですか」

「だれかが密告《チンコロ》しよったんや」

三笠が声をひそめた。

「だれにも連絡取ったらあかんで。知らず存ぜず、や。約束通りにうまいことやってや。そっちに迷惑かからんように、兄貴があんじょうやってくれるさかい。ええか、頼むで」

真幸の返事を待たずに電話は切れた。

三笠の話はいつも要領を得ない。だけど、だれが、だれに対して、なにを密告したのかなんて、真幸が知る必要もないことだ。尋ねても教えてもらえないだろう。

そもそも詳細がわかっていれば、組事務所があれほど騒がしくなることもないはずだ。

真幸は受話器を取り上げ、今度はためらわずに知佳へ電話をかけた。知らなくていいことだとわかっていたが、聞かずにはいられない。

浩二を裏切った人間がいることが、どうしても許せなかった。

5

伊藤が所属している組織は表立った活動はしない。だが、十年ほど前に、有名大学にサテライト組織を設置していた。元は別の過激派が本拠地としていたサークルだ。大学側から排除されて姿を消したが、まっさらになった場所へ、彼らはなに食わぬ顔をして新しいサークルを作った。伊藤たちの組織とは別の組織ということになっているが、資金集めと新規メンバー勧誘のためのものだ。

学生運動の盛衰を知らない世代を巻き込むのは、意外に簡単なのだと伊藤の仲間から聞いたことがある。特に、都内の有名大学には偏差値だけを追い求めてきた田舎出の学生が集まる。

それは昔もいまも変わらず、面倒を見るふりをして引き込み、自分の意見を持つことの素晴らしさを褒めれば、あとは転がり落ちるようにどっぷりと沈み込む。

自尊心が強く、詰め込み型の勉強に慣れている者ほど、イデオロギーを植えつけるのはたやすい。

真幸がその大学へ足を踏み入れたのは、今回が初めてだった。

学生運動の名残で占拠されていた古い建物が取り壊され、新学生会館を建てた噂は聞いている。すでに新築ではなくなった建物の一室へたどりつくと、真幸は躊躇《ちゅうちょ》なくドアを叩《たた》いた。

壁にかかった木札には『ＩＴメディア研究会』と書かれていた。しばらくするとドアが細く開き、

「なんか用ッスか」

無精ヒゲを生やした若い男が、やけにニコニコと笑いながら顔を出した。

『植木屋』の方から来たんだけど」

真幸がそう言うと、笑顔を浮かべたままで目だけがギラリと鋭く光る。

「だれの依頼かなぁ。いま、人が出払っててさー」

「大河内《おおこうち》さんからここへ来るように言われたんだけど」

「あぁ、わかった。じゃあ、話だけ聞くから入ってください」

男はドアを開いて真幸を中へ招き入れると、そのまま施錠して退路を断った。

部屋は広かった。十二畳ほどのスペースをパーティションで区切り、さらにその奥には暗幕が垂れ下がっている。

手前はごく普通の部屋だ。長机がふたつ並べられ、ノートパソコンが三台乗っている。それぞれの前に学生が座っていた。

部屋の中には真幸を含めて六人の人間がいる。

パーティションの向こうにだれもいなければ、の話だが、真幸は気にしなかった。相手はたかだか学生だし、場数はこちらの方がいくらも多く踏んでいるはずだ。

一番奥で雑誌を読んでいた青年が立ちあがる。ドアの前に立った男が真幸の肩越しに声をかけた。

「大河内経由の植木屋だって」

「……それは珍しいな」

この中では一番偉いのだろう。

神経質そうな顔立ちに眼鏡《めがね》をかけ、紺色のパイピングが涼しげな白いシャツを着ていた。時代錯誤なほど飾り気のない格好は、こういう団体に引っかかる学生にありがちだ。

「そんな人は存在しないと思ってましたよ」

待っていてくださいと言い残してパーティションの向こうへ消える。ガサガサと荷物を漁《あさ》る音が響いた。

ノートパソコンに向かった学生たちは、真幸を見たり、青年の動きを窺《うかが》ったりと落ち着きがない。ときどき思い出したようにキーボードを打つ指の動きは驚くほど速かった。

「中を確認してもらえますか」

戻ってきた青年が封筒を差し出した。封筒には『植木屋』と鉛筆で走り書きがあり、簡単に糊《のり》で留められている。

指で破って中身を見た。カードが一枚、入っている。

「それって暗号文ですか」

青年の目が好奇心で輝いた。部屋にいる学生たちの視線が集まり、真幸は目を伏せて首を振った。

「だとしても、解読してどうなる。ただのメッセージだよ」

一見、ワープロ文字の並んだ普通の手紙だ。以前に購入した鉢植えのその後について書かれている。

「純粋な興味ですよ。それだけで解読できるんですか。暗号表みたいなのがあるのかと思って」

どうやら解読を試みたことがあるらしい。

「暗号表は必要だよ」

真幸は答えた。伊藤の一派に対して、秘密を守ってやる義理はない。

三十年近く昔に作られた暗号表の存在を知っている人間は少ない。真幸は完全に暗記していたが、暗号表だけでも解読ができないよう、ルールは複雑化されている。

これは伊藤が預けたものだから、真幸と本人だけが知っている法則が基準だ。

「灰皿とマッチは？」

真幸が尋ねると、ノートパソコンの前に座っていた学生が動いた。

「火災報知機があるんで、煙草《たばこ》は窓の方で吸ってください」

灰皿にはライターが乗っている。

「いや、いいんだ。煙草じゃない。その缶コーヒー、中身はある？」

受け取る前に手紙を破ると、学生たちは小さく驚きの声をあげた。

手早く火をつけて灰皿に乗せ、中身があると言われた缶コーヒーを摑んだ。煙が上がる前に窓のそばへ寄る。半分も燃えればそれでよかった。コーヒーをかけて消火して、灰皿をテーブルに戻す。

「内容は……」

「もう読んだからいいんだ。ありがとう」

「あ、あの、ほかのものも解読できますか？」

真剣な顔で迫られ、真幸は無表情に首を振った。

「できない」

嘘《うそ》をついた。ここの母体となる組織の連中が作った暗号文であれば、ほとんど解読できる。

でも、内容を知った彼らに危険が及ばないとは言い切れない。

「下手に探るのはやめた方がいいよ」

真幸は学生たちへ言い残して部屋を出た。

好奇心だけで足を踏み込めば、伊藤みたいなことになる。覚悟も度胸もない人間は結局、力のある人間の小間使いにしかなれないのだ。

彼らもいまのままなら、普通に就職して、普通に家庭を持ち、どこにでもいるような日本国民でいられる。もしかしたら、過激派残党のメッセージポストだったことにも気づかないだろう。

社会の構造は深く知らない方が幸せだ。がっかりするだけならいいが、闇《やみ》をかかえることになれば生きづらい。

手紙の内容は伊藤への連絡の取り方だった。待っていれば使いの人間か、伊藤本人がやってくる。それはわかりきっていたが、待っている気になれなかった。

昨日の夜、知佳に電話をして、浩二を裏切った人間についての情報がないかと聞いたのだ。知佳はあきれていた。首を突っ込んだ真幸に対してではなく、自分を巻き込みかねない行動に対してだ。

でも、いくつかの質問には答えてくれた。どれもあいまいな返事だったが、組事務所に裏切者がいないことははっきりした。

だから、大騒ぎになっているのだ。知佳の恋人も、それで忙しくなっているらしい。

真幸の脳裏には、伊藤が浮かんだ。密売ルートについて嗅《か》ぎつけたわけじゃなくても、あの男ならば、もっともらしい虚言を通報した可能性がある。

とにかく顔を見て問い詰めなければ、真意の摑めない相手だ。暗号文にあった番号へ公衆電話から電話をかけると、喫茶店へ繫《つな》がった。間違い電話のふりで、暗号文にあった店名を尋ねると、別の番号を教えられた。次も喫茶店だったが、今度はあっさりと目的地の住所を告げられる。

商店街のはずれ。飲み屋ばかりが集まる路地の奥で、『カラオケ喫茶』の看板を掲げた店は昼営業していた。

暗号文に記載された店名とは別の名前だったが、真幸は中へ入った。十人も入れば満員になる小さな店内に、客はふたりだ。

「すみません。バイトの募集ってまだしてますか」

カウンターの中にいる中年の女に挨拶《あいさつ》をすると、作り笑いが投げかけられた。

「困ったわね。いまは募集してないのよ」

「人の紹介で来たんですけど」

「だれの紹介かしら」

伊藤が暗号文を預けていた大学の所在地の町名を告げ、紹介者は適当な名前をでっちあげる。

「ちょっと待っててね。聞いてみるから」

そう言って奥へ入っていった女はすぐに戻ってきた。

「中で話をしてみて。でも、本当に人は足りてるのよ」

特に男の子はねぇ……と、女は客にも聞こえるように言ってドアを指さした。

その先は厨房《ちゅうぼう》だった。奥にある勝手口の手前のドアが細く開き、伊藤が顔を出す。

無言で手招きされて近づく。中へ引き込まれた。

「ええとこに来たな。もう少し遅かったら、おらんとこやで」

小さな薄暗い納戸だった。だが、奥に二階へ上がる階段が見える。身動きが取れないと手紙には書いてあったが、どうやら組織内で揉《も》めたわけではないらしい。

学生たちのくちぶりから言って、メッセージは古くから管理されていたものだ。連絡ルートがスムーズに機能したことも併せて考えると、ここは組織が共有で使用している隠れ家だ。

「今夜、迎えを寄越す。家で待っとったらええ」

伊藤に言われ、真幸は無表情に見つめ返した。

「行くと言った覚えはありません」

「……しょうもないこと言いなや」

伊藤は鼻で笑った。

「その話はもう済んだやろ」

なんの話をしたと言うのか、真幸にはまるで理解できない。

この男は一事が万事、この調子だった。真幸を自分の所有物だと信じて疑いもしない。

「そんなことをわざわざ言いに来たんか」

伊藤の腕が伸びて、顎《あご》を摑まれた。近づいてくる顔を押しのけて身をよじりながら逃げる。

「あんた、なにをしたんだ。なにをして、この国にいられなくなった」

真幸は強い口調で問い詰めた。組織内で揉めたわけでもないのに、身をひそめ、今夜には国外へ出ると言うのだ。いままで、こんなことはなかった。

伊藤は公安の監視対象にもなっておらず、逮捕歴さえない。

「さぁ、なんやろうな」

伊藤は卑屈に笑う。

「この国を見限ってやる、なんてなぁ。おまえの父親みたいなことは言わんで。カッコつけたこと言うたくせに、いまさら、息子の顔を一目見たいやなんて笑い話にもならん」

「あんたは国に見限られたわけか」

「どっちも似たようなもんやろ。……美園のことなら、すぐに忘れられるで。真幸」

低い声が耳元でささやいた。真幸は無表情で固まる。

「本気で惚《ほ》れたと思ってるんなら、アホやで」

「あんたに決められたくない」

「……あの関西弁で責められて、俺を少しも思い出さへんのか。俺はこの三年間、夜が来るたびにおまえを思い出した。あのときの声、あのときの動き。匂いもなぁ」

湧《わ》き起こる嫌悪感は、過去の記憶のせいだ。睨《にら》みつける視線をそらし、伊藤のくちびるを受け入れた。

美園以外の男とキスをするのは三年振りだ。想像通り、身体はすぐに冷えていく。しばらく好きにさせて、身体を押しのけた。

「もう、いいでしょう」

手の甲でくちびるを拭《ぬぐ》う。

「あのヤクザの仕込みを試してやりたいけどな。時間がない」

「また、あんたと寝ると思ったら、大間違いですよ」

「つれないことを言いなや。たった三年離れたぐらいで、これまでのことがなくなるわけやないやろ。俺とおまえの仲や」

ニヤニヤと卑しい笑みを浮かべる伊藤を、憐《あわ》れむ目で見つめた。

「あんたと美園は違いすぎる。比べることなんてできない」

「あの男と離れて三日もすれば、別の男が欲しなる。おまえは淫乱《いんらん》なんや。初めて、俺とヤッたときから感じてたぐらいやからな」

言葉が終わらないうちに、伊藤の頬を思い切り張り飛ばす。間髪入れずに平手打ちを返された。

「ヤクザに売ったとき、死んどったら、それで終わりやったやろうな。そやけど美園に拾われて生き延びた。だから俺は取り戻すだけや」

「あんたのものじゃない」

「好きに言うたらええ。三年も夢を見させてやったやないか。親心やで」

手を摑まれ、男の股間《こかん》へ誘われる。年齢からすれば驚くほど硬いものがそこにあった。

真幸は拒むことも逃げることもしないで、指先でそれをなぞる。

ほかのだれかに抱かれれば、浩二への想いを断ち切ることができるのだろうか。なにも知らなかった自分を犯して堕落させた、この下卑た男なら、苦痛と混沌《こんとん》の先にある無気力で忘れさせてくれるのかもしれない。

どうせ、もう終わりになるのだ。

浩二は次にいつとは言わなかった。いままでだって約束なんてしたことはない。

でも、もう、なにもかもが以前とは違っている。

浩二の心の中には、真幸と似た想い人なんておらず、片棒を担いでいた密売ルートも風前のともしびだ。

真幸は迷い、奥歯を嚙む。『献身的に恋焦がれる』なんて芸当ができるほど上等な人間じゃなかった。

いつだって欲に溺《おぼ》れ、情にすがりたいと必死だから、伊藤のような男に足元を見られてしまう。

「なぁ、真幸。わかるやろ？」

伊藤に名前を呼ばれるたびに虫酸が走る。

「俺はおまえを愛してるんや」

「ヤクザに売って、金に変えるのが愛か」

吐き捨てるように言って、真幸は手を引いた。語気の強さに怯《ひる》んだ伊藤は卑屈な笑顔で肩をすくめた。

「いっそ死んでくれたらと思うぐらい、愛してたんや」

平然とそんなことを口にする。

年老いてシワの増えた顔。白髪の混じる髪。

外見は変わっても、人の本質は変わらない。

人生の半分以上もこの男と過ごしてきて、性格はよく知っている。

いつも言い訳だけがうまくて、哲学も信念もこの男にとっては舌の上で転がす飴玉《あめだま》に過ぎない。

「僕は父親に会いに行く。あんたには手引きをしてもらうだけだ」

真幸ははっきりと宣言した。

胸を張り、顔をあげて相手を睨みつける。

段ボールが積まれている薄暗い部屋の中で、腕組みをした伊藤は一歩さがった。真幸を眺め、ニヤニヤと人の悪い笑みを浮かべる。

「口先だけの強がりがかわいいところやな。男相手に淫売やってても、俺から金を取ったこともないくせに、ょぅ言うで」

うつむいてくちびるを嚙み、真幸は拳《こぶし》を強く握る。

伊藤は薄っぺらい男だが、人の弱みを見抜く狡猾《こうかつ》さだけは優れていた。

かりそめだとしても唯一の家族だ。性的虐待の加害者で、戸籍上の父親。人を簡単に売り飛ばして、そしてコトが済めば回収する。

最低な家族だ。でも、絶対的な所有欲を見せつけられると安堵《あんど》する自分がいた。

「もぅ時間や。真幸。客があやしむとあかん。帰れ。表からな」

さりげなく股間を撫でられ、真幸はうんざりと顔を背けた。伊藤はわざとらしい嫌がらせで顔を覗き込んでくる。

「わかってるやろうけど、美園に別れ話するような真似はせんようにな。今回を逃したら、また時間がかかるんや。邪魔されるわけには行かん」

「どうして、邪魔されると思うんですか。あの人の足を引っ張ったのは、あんただろう」

睨みつけたが、伊藤はしらっと視線をそらすだけだ。にやりと笑い、一歩近づいた。

「なんの話や。ようわからんわ。どないした、真幸。俺に触られて、身体が疼《うず》いたか。俺のモンが欲しくなったか？」

ねっとりと絡みつくような声に卑猥さが増していた。歳《とし》を重ねるごとに、伊藤の性欲は強くなるようだ。執着心でもあるからだろう。

身を寄せられて、段ボールの壁に追い込まれる。

胸を押し返そうとした手を掴まれて、痛みがデジャヴのようによみがえった。

「忘れたわけやないやろ、真幸」

忘れられるはずがない。

「おまえがその口で、初めて味わった男や」

酔った伊藤の酒臭い息。

拒んで左右に振る頭を押さえつけられ、髪を鷲掴みにされた記憶。

男の汗の匂いを放つ昂《たか》ぶりの先端が、無理やり開かされた幼いくちびるをさらにこじ開け、ねじ込まれた。

脳裏を巡る過去に、真幸の身体は凍りつく。

「あのときは、かわいかったなぁ。口いっぱいに頬張って、涙なんか浮かべてなぁ」

伊藤の指が、くちびるをなぞって動く。視線をそらして、真幸はただ耐えた。

突き飛ばすことができないのは、身体に刻まれた恐怖心があるからだ。暴力に対する恐怖じゃない。捨てられてひとりになることを恐れる純粋な生存本能だ。

いい子や、と伊藤はささやいていた。優しく繰り返す一方で、腰は残忍に真幸の喉を陵辱し続けた。

「初めて抱いた日のことも覚えてるで。おまえもそうやろ？」

「……そんな、話は……」

「嫌か？　いまさら、おぼこい頃の話は恥ずかしいか」

伊藤はいやらしい笑みを浮かべ、わざと真幸を辱める。

「そんなおまえが、あんなヤクザに骨抜きにされるとはなぁ。どんな抱かれ方をしても、だれにも心を開かんかったのに。……そんなに、ヤクザのテクニックはええんか」

淀んだ嫉妬が伊藤の目に滲《にじ》み出した。

「どんな身体にされたんか、大人になったおまえをじっくりと検分してやる。……楽しみやな、真幸」

「相変わらず、下衆《げす》なことしか言えないんだな」

「その目ぇは、母親そっくりやな。犯し甲斐《がい》のある偉そうな顔や。あの女も、俺の下でひぃひぃ言うたけどなぁ」

「それで？」

真幸は冷たい表情で見つめた。

「あんたが僕の父親だとでも言うつもりか。なにを警察にチクったんだ。言えよ」

「探られて痛い腹のある方が悪いんや。そんなに大騒ぎになってんのか？　たいしたことないなぁ。どうせ三次団体の若頭や。責任取って指のひとつでも詰めて、破門か除名か。その程度のことやろ」

「あんた……」

「俺がやった証拠でもあるか？　そんなもんは出てこぉへん」

「じゃあ、どうして逃げ回るんだ」

「おまえや、真幸。おまえを取り戻すためにやったら、なんでもやるで。あの男を刺し殺してやってもええ」

伊藤は本気だ。目の奥に淀んだ炎が燃える。

「おまえの父親を見舞ったら、ふたりで新しい人生でも始めようや」

男の手が懲りることなく伸びてくる。少しも反応しない股間を揉まれながら、真幸は相手の目を真剣な顔で覗き込む。

自分の母親を刺し殺したのは、この男じゃないかと初めて疑った。ありえない話じゃない。

「この国も暮らしにくくなったやろ。活動が金になる言うても、潮時や」

いつまで経っても硬くならないことに気づいた伊藤が舌打ちしながら手を離す。真幸は猫のように身をくねらせて、追い込まれた狭い場所から逃げた。

納戸のドアを開けようとした真幸の背中に声がかかる。

「父親に会ったら、おまえはどないするつもりや」

伊藤の声は低くかすれていた。

「生まれてきたことを呪うんか。それとも、涙ながらに再会を喜ぶつもりか？」

真幸は苦々しく顔を歪め、面接を断られた演技をして店を出た。やり場のない怒りを感じながら当てもなく街を歩く。

都合よく金ヅル兼性欲処理として連れ出そうとしながら、真幸がいざ行くとなれば、さっきのような嫌がらせをする。『総括』と『自己批判』を繰り返してきた伊藤の苦悩を、感情のままぶつけられているだけだ。

ふらふらと歩いていた真幸は、そうしようと思ったわけでもなく、漫然とした気分のまま浩二が泊まっているホテルを目指した。歩き、電車に乗り、そしてまた歩く。

ロビーに入ると、今日も桜のアレンジメントに出迎えられた。呼ばれてもいないのに来てはいけない。そう気づいて、考えもなしにやってきた自分を笑いたくなる。

部屋を訪ねることは許されていない。意味もなく周りをうろつくこともだ。かといってすぐには去りがたく、真幸はラウンジでコーヒーを注文した。

柔らかなクッションのイスに座り、広い庭園を眺める。

伊藤がなんらかの秘密を持っていることは明白だった。真幸を奪うためなら手段は選ばないだろう。あの男も人生の終わりが見える年齢になってきたのだ。怖いものなんて、なにもない。

コーヒーカップを掴んだ手が震えた。指先まで冷たくなっている。

もう二度と浩二に会えないのだと、また実感して目を伏せる。

捨てられるぐらいなら捨ててしまいたいと、そう考えるだけがせいいっぱいだった。浩二のことを愛しているからこれだけは自分で決断したいと願う。本当にちっぽけな意思に過ぎない。

必要に迫られているわけでもないのに、自分からなにかをしようと思ったのは初めてだ。だから、手は冷たく凍えて震える。

窓の外に目を向けて、真幸は組み合わせた自分の指を膝に乗せた。

空は青く澄んでいて、雲が風に流れている。

いつのまにか、こんなにも強く愛していた。

だれがなにを言おうと、真幸は浩二のことが愛《いと》しい。

自分ひとりだけに抱かれろと命じられて、めったに来ない相手に焦《じ》らされ、たまに与えられる情けにすがって飢えを満たした。浩二のような男にとっては従順な飼い犬を調教するためだけの時間だっただろう。

それが真幸にとっては初めての渇望になり、依存しながら溺れていった。

どこでなにを間違え、自分は恋に落ちたのか。

愛情を誤解させる素振りはなかった。優しくもなかった。していることは伊藤となにも変わらない。

なのに、愛している。

失うぐらいなら離れてしまいたいと願うほど、強く強く心から求めている。

真幸は目を閉じた。組んだ指に力を込めて、うつむきながら身体の震えを一心にこらえる。

なにもわからなくていいと思った。答えは欲しくない。

だから、考えることはそこでやめてしまう。

なぜ愛したのかなんて陳腐な問いかけの答えが高尚であるはずがないのなら、この三年間の理由なんて知らなくてもいい。

自分には浩二がいた。相手にとっては手慰みのひとつでも、自分にとってはすべてだった。

それだけでいい。

それだけできっと、この先も泥の中で生きていける。

真幸はコーヒーをひと口も飲まないまま、人生の中で一番高価な喫茶代の支払いを済ませてラウンジを出た。

桜と菜の花のアレンジメントの向こうを歩く男に気づき、足を止める。

いまから出かけるのだろう。腰の低い三笠を従えた浩二は難しい顔つきで車寄せに向かっていた。

思わず小走りで近づいた真幸は、車に乗り込む背中を柱の陰から見つめる。

後部座席のドアの上部にかかった手を見た瞬間、腰を摑まれた痛みを思い出して身体がぶるっと大きく震えた。

両手で腰を摑んで引き寄せられ、奥まで穿たれる。のしかかってくる胸板の重み。こじ開けられる切っ先の太さと圧倒的な存在感。耳朶《じだ》を犯す低い声と息遣い。

すべてが強い雄の匂いだった。真幸は屈服してひれ伏し、これまでとは違う陵辱の苦しみに喘いだ。

浩二を乗せた車が走り出す。

三年間も、振り返れば一瞬の記憶でしかなかった。

そのガラスの欠片《かけら》のようなものにすがって生きることを、真幸は悲しいとも嬉《うれ》しいとも思わない。涙が浮かんでくるような感情もなかった。

はっきりしていることがあるとすれば、浩二に抱かれることを、もう二度と想像したくないということだけだ。

甘い毒は心地良い。だからこそ、心を脆《もろ》く変えてしまう。

伊藤を浩二から遠ざけることが、自分にできるたったひとつの愛情表現だ。日本にいる限り、あの男は嫉妬に狂って浩二の邪魔をする。だから、もろともに去るだけだ。

浩二は知らなくていい。真幸が愛していたことも。これから先もずっと、愛していくことも。

浩二のような男は、知らないままでいい。

自分の足で歩く感覚を、真幸は生まれて初めて味わった。毅然《きぜん》と顔をあげて、柱の陰から出る。

失踪《しっそう》するという手立てで浩二をわずかにでも落胆させることができるなら、それだけでも心に甘いさざ波が立つ。

たとえ数時間で消える傷だとしても、爪痕《つめあと》を残せるのなら、それでよかった。

6

事務所の床に残る、煙草のコゲ跡をひとつひとつ指でなぞる。

日が暮れると、雨が降り始めた。春雨は寒さを引き戻したが、真幸には辛気臭さが心地いい。

どこからともなく漂うカビ臭さや、水の淀んだ匂いにも馴染《なじ》みがある。

情事の後で浩二が吸う煙草のコゲ跡は、指にざらつく小さな傷だ。真幸の心の中にも同じように存在している。

浩二の心に渦巻く激しさと、彼が生きる世界の厳しさを、少しぐらいは受け止めてやれたのだろうか。

静かな部屋で床に膝をつき、真幸は考えた。

ぶつけられる性欲のたぎりを受け止める。そのことにも必要性はあったのだと信じている。

仕事のためとはいえ、真幸のような人間を、浩二ほどの男が身体を張って繋いでおく理由がほかにないからだ。舎弟のだれに任せてもよかったのに。

真幸は引き出しの奥から小さな瓶を取り出した。

そっと目の前で振ってみる。

ほとんどがひと口ふた口吸っただけの、まだ長い煙草の吸殻だ。

浩二がこの部屋で吸って、そして床で揉み消した吸殻。そのひとつひとつを、そのたびに瓶に納めてきた。

いくつ入っているのかは、わからない。数えたこともなかった。

それをボストンバッグへ最後に詰める。

恐ろしく軽い手荷物を、真幸は自分のようだと思う。

店も事務所も使ったままにして、明日、またすぐに仕事ができる状態であかりを消す。

暗闇に包まれると、雨の音が急に大きく感じられた。

外から差し込む街灯も暗く、手探りで自宅部分の玄関へ向かう。そこで、またしばらく真幸は立ちすくんだ。

迷いがないと言えば嘘になる。何度、心に決めても、真幸には大きな決断すぎる。

また伊藤のそばに戻ることはどうでもいい。ほかの男と寝て金を稼ぐ生活も、億劫《おっくう》ではあるがそれだけだ。

ただ、浩二のことが頭を離れなかった。

迎えの段取りは、伊藤ではない男から連絡が来た。

やはり伊藤は、完全に地下へ潜ったまま密出国するらしい。彼を追っているのが公安だけでないことが、のらりくらりと言い逃れる相手の言葉の端々から伝わってきた。

案外、出国するのは真幸だけで、まただれかに売りつけられているんじゃないかとあやしんだが、昼間に会った伊藤の様子からは考えられない。

真幸の心を奪った浩二への嫉妬は本物だった。ほかに楽しみのない下衆な男だ。もう一度自分のものにするまで、死んでもあきらめないだろう。

真幸は大きな深呼吸を三度繰り返した。

ここじゃないどこかへ行かなければならない焦りが募る。それなのに、足は動かなかった。

まだ捨てられたわけじゃない。浩二はなにも口にしていない。

後ろ髪を摑んでごねる自分のみすぼらしい本心が疎ましかった。

でも、ホテルのロビーで浩二を見送ったときの決意は本心だ。

あれからすぐに知佳に連絡を入れた。付き合っている男に、事情を伝えてくれと頼んだ。

密告したのは左翼運動の一派だから、大きく動かずに様子を見た方がいいこと。それを、早急に浩二へ忠告すること。

大阪でヤクザをしている浩二なら、ヤクザと運動家の絡みについて、だいたいのことはわかるだろう。真幸と伊藤の身辺も、調べてあるはずだ。

浩二には自分で連絡しろと知佳からしつこく言われ、真幸は投げるようにして電話を切った。折り返しの呼び出し音を無視している間に伊藤の使いが来て、知佳とはもうそれきりだ。

玄関の扉の前で、真幸はうつむいて立っていた。

なけなしの自尊心が、足元に置かれたボストンバッグ程度のものだとしても、それは初めて手にした『生きている価値』だった。

こんな自分でも人を愛することができて、そして、愛されたいと夢見ることができた。だからこそ、捨てられる前に姿を消したいと願う。

決めただろう、と弱い自分の心を叱咤《しった》した。

これ以上ここにいても、浩二はもうだれかの代わりにはしてくれない。自分だけに抱かれろと束縛することもなくなり、次のセックスの相手は浩二でないかもしれないのだ。

浩二だけが真幸を抱いた事務所の床で、ほかの男を相手に身体を売ることだってありえる。

「そうなるんだろうな……」

つぶやいた声を他人のもののように感じた。

声は笑っていた。

自分にできることは結局、それしかない。男を相手にして人格さえも持たずに犯される。

その方法だけが真幸に教えられた処世術だ。

どんなキレイごとを並べてみても、強がってみても、真幸の心が抵抗しても、男を必要とせずに生きられるはずがない。

幼少期のトラウマは真幸をずっと縛っていくだろう。

真幸は笑いながら、もう一度しゃがみ込んだ。靴の紐《ひも》を結び直す。

リボン結びを教えてくれたのは、客のひとりだった。真幸の両手と両足をビニール紐で縛り、きれいに結ぶコツを話しながら男は笑って行為に及んだ。

そんなことを思い出しても、真幸の心は動揺しない。あの男は『ビニール紐で縛ること』が好きなだけの良客だった。

右足だけがうっかり縦結びになってしまい、また結び直す。

真幸は笑いながら立ちあがった。

傷つくだけの自己満足な愛情を知り、なにも手に入れられずに伊藤のもとへ戻る。こうすることが、浩二のためになると信じられる自分は愚かで愛しい虫けらだ。伊藤の策略など、浩二は跳ね返すだろう。刺し殺しに走っても、きっと返り討ちだ。

わかっていても、浩二のためだと思いたかった。自己満足でいいから、最初で最後の恋を貫きたい。

これが自分らしい生き方なんだと納得して、自分を納得させる。

真幸は顔をあげ、闇の中に沈んだ事務所を振り返った。白を基調としたカントリーナチュラルテイストの事務所と店舗。花の匂いがここまで香ってくるようだ。

三年、暮らした家だった。はっきりと見えなくても、ちゃんと脳裏に焼きついている。二階の住居スペースも同じテイストで、入居したときから即日で生活ができるように整っていた。

浩二が一度もそこへは立ち入らなかったことを、いまさら思い出して真幸はドアを開ける。

なんの迷いもなく、外へ出た。

これが人生で最初の、そしてきっと最後の、自分で選んだ決意になるだろう。人間らしく自分の足で立っていると実感して、真幸はうつむきながら微笑んだ。

母の顔が脳裏にちらつき、心底、生んだことを悔やんでいたのだと思い知る。

自分の産む子どもが不幸になると、彼女は知っていた。女に生まれた幸福を、出産と育児には見いだしたくない自分の犠牲になると理解していた。でも、産んだのは、やはり主義主張を捨てられなかったからだ。戦いをやめられない性質《たち》だったのだろう。

やわらかな春雨が静かに降り、夜道をけぶらせていた。

腕に巻きつけた時計に目をやる。迎えが来る時間だ。

家の鍵《かぎ》を閉めて、郵便受けから玄関へ落とす。キーホルダーもつけていない鍵がドアの向こうで音を立てる。

これでもう中へは戻れない。

傘を持たない真幸は、あかりのない軒先で迎えの車が来るのを待った。

深夜に差しかかった住宅街は静まり返っている。店の正面は片側一車線の通りだが、玄関前を通る路地はもっと狭く、センターラインが引かれていない。道幅は車が楽にすれ違える広さだが、元から人通りのほとんどない道だ。深夜の街灯は雨のせいもあって暗く見え、ひっそりと旅立つには似合いだった。

やがて角からスモールライトの光が入ってきて、雨でいっそう薄暗い道の向こう端へ、滑るように停車する。

エンジン音のほとんどしない高級車だ。真幸は軒先を出て、雨に濡れながら足早に近づいた。

前照灯が消された黒い車は、細かな雨粒のカーテンに隠れるようにして闇に溶けている。

後部座席から降りてきた人影も傘をさしていない。

顔をあげて身構えた真幸は、そのまま啞然として動きを止めた。

力の抜けた指から落ちたボストンバッグが、水溜《た》まりに転がるのも気にならない。

雨の中を歩いてくる男が目の前に立ちはだかった。

「どこへ、行くつもりや」

手首を摑まれて、息が止まりそうなほど驚いた。

逞《たくま》しい指先が焼けつくほど熱く感じられ、本能的な怯《おび》えが電撃のように身体を駆け抜けていく。

なぜ同じ雨の中にいるのか理解できないまま、肩を震わせて後ずさる。

小糠雨《こぬかあめ》が、男の髪もシャツも濡《ぬ》らしていく。

真幸は眉をひそめてうつむいた。骨がきしむほど強い力で、太い指が肌へと食い込んだ。

「答えへんのか、真幸」

顔があげられない。答える言葉なんて持っていなかった。

「迎えなんて来ぅへんぞ」

真幸はくちびるを嚙んだ。こみあげてくる涙をこらえようとする。

泣いても、濡れそぼっていては、雨に紛れてわからないだろう。一粒一粒は小さな雫《しずく》であっても、ふたりはもうシャワーを浴びたように濡れている。

こみあげるものをぐっと押し殺して、浩二を見た。

ジャケットは脱ぎ、ネクタイもない。襟元のボタンもはずしているが、ワイシャツにはカフスボタンがついていた。

昼間に見た、あのときのままの姿だ。後ろに撫でつけた髪が、雨で乱れているのだけが違っている。

こんなときに見る幻としては出来すぎていた。だからこそ、これが現実だと認識する心が悲しい。

生まれて初めて選んだ道に立ちはだかるのが、この男だとは考えもしなかった。

「行きます」

妙に穏やかな自分の気持ちを、真幸は静かに見つめる。

「……お世話になったのに、すみません」

混乱しすぎているせいか、心は奇妙に凪《な》いでいる。

冷静な物言いを聞いた浩二が、苛立《いらだ》った顔で舌打ちした。どこか余裕のない切羽詰まった雰囲気が彼らしくない。

「迎えなんて、来ぅへんって言うてるやろうが」

その言葉の意味するところを、真幸は考えもしない。どこからこの話が洩《も》れ、そして浩二はどう動いたのか。

伊藤がどうなったのかさえ気にならなかった。

思考回路はすでに、行くと決意を固めたままで停止している。

「それでも行きます」

ただぼんやりと答えた頬を、いきなりぶたれた。

衝撃を受けて体勢を崩した真幸は、その場に膝をつく。

吹っ飛ばなかったのは、手首を摑まれているからだ。

「おまえは、俺のもんや！　忘れたんか！」

ドスの効いた鋭い声に怒鳴りつけられ、真幸は身をすくめて浩二を見あげた。

涙が、雨に混じってこぼれ落ちる。

「父に、会うんです……ッ！　死にかけてる」

膝をついたまま、真幸は叫んだ。浩二の手をがむしゃらに振りほどき、ジャケットのポケットに入れていた手紙を鷲摑みにして見せつける。

「おまえを捨てた親やろ。おまえが伊藤に食いもんにされてきた、その諸悪の根源や」

「だからッ！　だから、見てやるんだ！」

雨脚が急に強くなる。手にした手紙のインクが流れるのも気にしない。そんなことは、どうでもいい。

「あの男が死ぬところを見てやる。思想のために、自分の子供がどれほど苦しんだか、知ればいい……！」

真幸の感情の中でなにかが音を立てて壊れ、危うく繋がっていた糸が千切れる。

自分を納得させるための言い訳でも、浩二から離れるための大義名分でもない。見ないように、考えないようにしてきた本心が、堰《せき》を切って溢《あふ》れ出してしまう。

父の思想とはつまり『夫婦間の確執・妻との格差』だ。その程度のものでしかない。

「無駄なことや」

浩二に腕を引きあげられて立たされた真幸は、前髪が額にかかるのを袖で払った。握りしめた手紙が地面に落ちる。

雨に濡れて汚れ、もう読むことは不可能だろう。

「……自分の人生を、取り戻したい」

初めから読み返すつもりのない手紙から目をそらして口にした言葉は、真幸を絶望的な気分にさせた。途方もない望みに感じられ、目の前が歪む。景色が滲んだのは、まつ毛にかかる雨のせいじゃない。

涙が次から次へと溢れ出て、狂ったように叫びたいほど苦しくなる。

自分の人生なんて持ったことはなかった。

理想に燃えた親が社会運動へ身を投じ、自分たちの人生だけをまっとうした結果が真幸だ。

夢も希望も理想も持たない。

仲間割れ《内ゲバ》の報復で刺された伊藤の背中を、泣きながら自分のシャツで押さえたこともある。血は白いTシャツを真っ赤に染めた。一命を取り留めた伊藤の入院費を払うために、真幸は自分で男を漁って身体を売らなければいけなかった。

生きていくとはそういうことだと思ってきた。

これは来るべき革命のための布石だ。おまえの献身はかならず世の中のためになる。伊藤の口癖を信じたのは、そのほかにすがれるものがなかったからだ。それが古びた受け売りだとは思いもしなかった。この時代に革命だなんて、だれが信じるだろう。

それでも、真幸は信じた。子どもだったから、信じた。

真幸を初めて犯した夜も、真幸に初めて客を取らせた日も、ギラギラとした目で伊藤は熱っぽく語った。

生きることは闘争だ。この闘争に勝利することこそが、我々ひとりひとりの革命的進歩になる。その先に、かならず世界の革新が待っている。

格好のつきすぎる理想だと気づいたのと同時に、行方不明の父も、死んだ母も、そばにいる伊藤も、結局は運動に挫折《ざせつ》した人間だと悟った。

伊藤の口にする言葉が流行《はや》ったのは遠い昔だった。日本は変わることを望まず、人々はそれぞれに幸せを作ってきた。

負けたことを認められない人間だけが、泥の中を這いずり回るような苦痛を背負って、自分を正当化するための活動に身を投じているに過ぎない。

「それで、伊藤をまた養ってやるんか。おまえの人生は、そんな下卑たもんやない。あいつの言う革命なんて、もうとっくに失われてる。そんなもんのために死ぬなんて無様や」

「ほかに道はない」

激しくなった雨が肌を打つ。真幸はまっすぐに浩二を見た。もうこわいものはなにもない。

浩二を落胆させたいがために決めた覚悟の出奔だ。いまさら罰を恐れたりはしない。

「あんたの惚れている男の代わりにもなれない。見たんだ。あの日、ホテルのロビーで」

「あぁ……」

浩二のつぶやきは真幸まで届かなかった。

「似てない。僕とは全然似てなかった」

浩二もそう言った。あれほど似てると繰り返したことを忘れて、こともなげに、似ていないと言い捨てた。

「あんたは知らない。この三年間が僕にとってどれほど……」

真幸は嗚咽《おえつ》を洩らした。言葉にならない。

「似てたんや。似てると、思った」

浩二が伸ばす手を、真幸は叩き落とした。

「幸せだったんだ。代わりでもなんでも。あんたに求められて、幸せだった。だから、もういい。なにもいらない」

「落ち着け、真幸」

名前を呼ばれるたび、こんな状況でも身体が燃える。刻まれた快楽の記憶が肌によみがえり、強い雨さえ愛撫《あいぶ》に変わっていく。

愛した事実が重い枷《かせ》になり、真幸の心を惑わせる。

この想いを抱えていれば、ひとりでも生きていける。この先、だれに抱かれても、ひどく犯されても、浩二だと思えば正気を保てる。

だけど、本心は真逆のことを叫んでいた。

引き止めて欲しくて、そばにいて欲しくて。

なによりも、愛して欲しい。一瞬だけでもいい。偽りでもいい。真幸の存在が浩二の苦痛を和らげているのだと思いたい。滑稽《こっけい》だと思う一方で、心は激しく引き裂かれる。

不幸にするとわかっていて真幸を生んだ母と同じアンビバレンツだ。望みが叶わないとわかっていても、指先でいいから、知りえない幸福に触れたいと願う。

「なんでや！」

関西の言葉で叫んだのは、真幸だった。

感情が暴発して、もう止められなかった。

自暴自棄を通り越した自虐に心が支配され、御しがたい怒りに脳髄が沸騰する。

捨てられるのが嫌だから逃げるなんて負け犬の遠吠《とおぼ》えだとわかっている。

好きで好きで好きで、ただひたすら、いつかは愛されたいと願った。

それを隠して逃げ出すのに、伊藤の誘いは都合が良かっただけだ。

だけど、自分の望みは、ひとつしかない。

苦み走った凛々《りり》しい顔立ち。太い眉、鋭い瞳。引き締まった頬と、厚いくちびる。

目の前の浩二にしか希望はない。失踪を決めても、あきらめきれるものではなかった。

「落ち着けるわけがないやろ！　そやから、黙って行こうって決めたんやんか！」

真幸は感情のまま、関西弁でまくしたてる。

いまさら、心の奥に秘めた感情を暴かないで欲しい。一度も聞かなかったくせに、どうしたいのかなんて、気にもかけなかったくせに。

夢も希望もすべてを捨てて、それでもなお、最後の矜持《きょうじ》まで踏みにじられる。真幸はがたがた震える奥歯を噛みしめた。浩二を睨んで、吠えるように叫ぶ。

「あんたが好きやからや！　これ以上、一緒にいたら、おかしなるッ！　捨てられる前に姿消して、死にかけてるあほんだらに唾《つば》のひとつでも吐いて、それから……、それから僕は伊藤のボケを殺したる……」

「おまえ、言葉」

「気づかんかったん」

浩二を睨んだ真幸は、泣き笑いしながら顔を拭った。

「東京から流れてきたんやと思っとった」

「伊藤のボケと暮らしとったんやで。親の言葉なんてとうに忘れた。関西弁を使わんのは、昔を思い出すのが嫌やからや。あのボケに強姦《ごうかん》されて、泣いて懇願した自分がアホらしいから……」

「やめぇ……」

眉をひそめた浩二が、両肩を摑んでくる。

「もうええ。やめろ」

肩を揺すられた真幸は鼻白んで笑った。

「聞いてや。どうでもないことやろ？　こうしとっても思い出す。泣いて懇願したのに、あの男は続けた。俺が最初でよかったなって言われた。なにがええんか、いまでもわからん」

吐き捨てるように言って、真幸は泣いた。いくら泣いても涙は雨に混じって、なかったことになってしまう。

あの日もそうであればよかった。泣いたことが嘘なら、少しはましだったかもしれない。

「やめろ言うてるやろ！」

浩二の怒鳴り声に、殴られると直感的に身をすくめた。

次の瞬間、首の後ろを摑まれて引き寄せられる。嚙みつくような勢いでくちびるが押し当たった。

逞しい腕が身体を強く抱いていて身動きが取れない。真幸は身をよじった。

「んんっ……」

「やめろ。やめてくれ。泣きながら、そんな話」

キスの合間に、浩二が言った。真幸には、まるで理解ができなかった。

浩二の顔をして、浩二の声をして、それなのに浩二が絶対に言うはずのないことばかりを繰り返される。夢なのだろうかとふいに考えた。玄関のドアを開けたときから、もっと以前から、自分は死んでいたんじゃないかとさえ思う。

両手で頬を何度も撫でられると、そんな想いはさらに強くなった。

涙も雨も、浩二の手に染みていく。

「……うっ、ふぅ……ん……」

人気のない往来でくちびるをついばまれ、開いた隙間《すきま》に舌が差し込まれる。激しさはいつものそれだった。

乱暴に柔らかい肉を探られる。その強引さが夢でないと教えてくる。

身体を打つ雨の音に真幸の喘ぎ声は呑《の》まれたが、低く唸るような浩二の声は耳に届いた。

「あのひとに再会することができて、思い知らされたんや。おまえは、どこも似てない。そんなおまえを、俺は、ずっと……」

浩二が言葉を切って、目を覗き込んでくる。もう何度も見てきた瞳の奥の表情。そこにある意味を悟りかけて真幸は震えた。

濡れて乱れた髪を気にもかけずに、浩二は言った。

「愛してるんや……。女に言うみたいで陳腐やけど、俺にはそれしか言えん」

真幸はしばらく呆然《ぼうぜん》と相手を見つめた。

まるで外国語を聞いたような気持ちだった。音は耳に聞こえているのに、意味がまったくわからない。

「ほかに、言葉なんて……」

自分の声さえ遠かった。

真幸が目をそらさないように、浩二はまばたきさえしないでしている。

その男っぽく脂ぎったまなざしに、真幸は自分の姿を見た。それは、浩二が真幸だけを見つめているということだ。

「言葉なんて……」

繰り返す。こんなに余裕のない浩二を見るのは初めてだった。

「言葉、なんて……」

いらない。

そう言えばいいだけのことができない。

浩二が自分を見つめ、そしてずっと待っているからだ。真幸の出す答えを待っている。

ぎゅっとまぶたを閉じた。

真幸の身体を突きあげてくる激情は、幸福感でも喜びでもない。もっと猛烈に激しい、生きているという単純な実感だ。

浩二の言葉を疑うはずはなかった。

嘘や遊びであんなことを言う男ではないし、なによりも真幸の答えを待つはずがない。いつだって主導権は浩二だけのもので、これまでも一度だって真幸に渡されたことはなかった。

言葉にならない声はあきらめて飲み込み、浩二の目を見た。濡れた髪が乱れ、まぶたにかかっている。

「行くな、真幸。そばに、おれ」

男の声の力強さに心ごと引き寄せられ、真幸は戸惑いながらシャツにしがみつく。

言葉の意味が信じられなくても、自分に命令をくだすときの浩二は絶対だ。信じる信じないの次元じゃない。

求めてくれるなら、それに従う。そう、したい。

「どうせ、行かれへんようにしたくせに」

減らず口を叩くと、抱き寄せる指先に首筋をなぶられた。

いつから……。

いつからそんな気持ちになっていたのか。

問いかけたい衝動をこらえる。甘えたことを言えばなにもかもが嘘になりそうで、夢ならずっと覚めないで欲しいと思う。

「もしかして、伊藤をバラしたりしてませんよね？」

「そのスジもんの物言いはやめぇ。気ぃ萎《な》えるわ」

浩二は豪快に笑って水溜まりに落ちているボストンバッグを拾いあげた。

いつもと変わらない態度を見ると妙に安心して、促されるままに歩き出す。

車の運転席から舎弟の三笠が傘を持って飛んできた。

「行くん、やめてくれはったんでっか」

差しかけられた傘を、彼へと押し戻した。

全身はすでにぐっしょりと濡れていて、いまさら傘なんて必要ない。車に乗り込むと、助手席に乗せてあったバスタオルを渡される。

窓を叩く雨はいっそう強くなっていた。

「どこへ行くんですか」

走り出した車は大通りへ出た。方向がいつものホテルとは反対だ。

「おまえはまだ花屋をやる気があるんか」

真幸が頭からかぶっているバスタオルを引き、浩二の腕が肩に回った。耳たぶをいじられながらキスされる。

「……んっふ……」

「もうやりたくなかったら、別のことさせたる。そやけど、知佳がな、もったいないってえらい勢いで言うてきたんや。おまえはどう思ってんのや」

タイミングよく現れた理由がわかった。知佳は直接、自分で美園に伝えたのだ。真幸が頼んだことだけではなく、自分の危惧《きぐ》していることもぶちまけたのだろう。

髪を拭《ふ》きながら、真幸はうつむいた。

「……続けます」

「そうか。ほんなら、それでいい。なんかやってみたいことあったら、コレに言えよ。手配させる」

「これからは俺がつきますんで、なんでも言うてください」

バックミラー越しに三笠と目が合った。

「気ぃそらさんと運転しとけ」

真幸の首筋をキスで埋めながら運転席のシートを蹴りつけた浩二は、恐縮する舎弟をミラー越しに睨んだ。その一方で、指を真幸のジャケットの胸元に忍び込ませる。

「あっ……」

雨に濡れた寒さで立っている乳首を爪でひっかかれた。ぞくりと震えが走る。

「こいつんことは、いまさら気にすんな」

犯されている瞬間も見られたことはある。しかし、それとこれとは別だ。あのときはもっと空虚な行為だった。でもいまは違う。

たった一言が介在するだけで、真幸の身体もまた、いつになく敏感だった。なによりも、触れてくる浩二の態度が違う。

真幸の気持ちが伝わったのか、三笠がカーステレオの電源を入れた。ラジオが流れ出す。

「余計なことしやがって。こいつをつけるんは、気ぃ悪いな」

浩二の言葉に、弱りきった声が返ってくる。

「そんなん言わんといてください。ほかのやつに頼んだら、絶対にあかんようになりまっせ」

「おまえなら心配ないんか」

「ありまへん。俺、アホですやん」

妙に自信ありげに答え、三笠はハンドルを切った。車は右に曲がる。真幸はよろめいて浩二の腕に抱きとめられた。

兄貴分思いの舎弟だ。本当に右へ曲がる道順だったのかもあやしい。

「ここ、触られんのも、嫌いやないやろ」

指がこりこりと突起をなぶる。真幸は熱い息を吐いた。

「う、ふっ……」

「声出せや。アホの気遣いが無駄になるやろ」

「あっ！　はぁっ……ぁ……」

ぎゅっと摘《つ》ままれて、全身に痺れが広がる。

「熱い風呂《ふろ》に入るまで、ちょっとはあったまらんと風邪《かぜ》ひくしな」

「い、やっ……」

浩二には執拗《しつよう》に触られたことのない場所だ。たまに痛みを与えるようにつねられることはあったが、それだけだ。はっきり愛撫されると、腰がジンジンと熱を持ってズボンの前が苦しくなる。

肩からずらされたジャケットが肘《ひじ》で止まる。軽く拘束された状態で、シャツのボタンをはずされた。

「んッ！」

心臓に近い左の乳首を直《じか》に撫でられる。雨で冷えた身体に、浩二の指先は青い火のような快感をともした。真幸はわずかにのけぞって息を吐く。

「ベロ、出せや」

顎を男の指に掴まれた。親指で下くちびるをなぞられ、言われるままに舌を突き出す。

「……はっ……ぁ」

走行中の車は、そうであることを忘れさせるほど揺れなかった。だから、浩二の思うままの愛撫で焦らされる。

顔が近づいてきて、舌先と舌先が触れた。電撃が身体の芯を突き抜けて、思わず引いた頭部を手のひらでぐいと戻される。指が濡れた髪へもぐり込んだ。

「あっ、ん、……ふっ、ん……」

浩二の舌先は、身体の大きな彼とは別の生き物のように繊細な動きで、真幸を何度も身震いさせる。

「あぁっ、あぁっ……、だ、め……」

ついに顔をそむけた。その瞬間にも身体はゾクゾクと震える。真幸はむずかる子どもの仕草で身をよじった。

「なにが、『だめ』やねん」

こっちを向け、とうなじを摑まれる。

「だ、だって……、う、ふぅ……手もっ、やッ……」

なにをされても身体が跳ねる。真幸には制御できなかった。

うなじを摑んだ指に、襟足の毛を揺らされるだけでも、ねっとりとした情欲が湧き起こる。

「あ、はっ……アァッ」

座った姿勢でいると、下半身がきつい。もうすっかりエレクトしたものが、ファスナーをぎゅうぎゅうと押しあげていた。

「ええんやろ？」

「……ゆびっ、とめ……やぁ……」

真幸は女のように甲高い声をあげて、乳首を摘まんでこね回す浩二の手首を掴んだ。涙目で見つめると、浩二は楽しそうに笑う。いたずらを成功させた、やんちゃ坊主のそれに出くわして、真幸は困りきった。

そんな顔、いままで一度も見せなかったくせに。

ずるい男だ。

「ここを、こうしたら、おまえが泣くから」

言いながら、浩二の親指と人差し指が真幸の小さな突起を根元から掴んだ。ぐりぐりと先端まで揉まれる。痛みの中に淫蕩《いんとう》の快感が芽生えて、真幸は小さく悲鳴をあげた。奥歯を噛んで耐えると、さらに涙がこぼれる。

「そやから、でけへんかった」

舌先で、雫を舐《な》め取られた。

ほかにもたくさん泣くようなことをしたくせにと、口には出さずに恨みがましい目で訴える。浩二はやわやわと膨らみのない胸を揉むように撫で回し、

「意外に気ぃやるんが早いんはおまえやろ。そやから、しゃあない。泣かしたいし、犯したいし、時間はないし。こっちも大変やねんぞ」

真幸が失神したら、目を覚ますまでの時間が無駄になると言いたいのだろう。あきれるのを通り越して、真幸は笑った。

真剣な目をした浩二がふと黙り込んで、くちびるの端を曲げる。

「笑っても腰にくるなぁ、おまえは」

抱き寄せられてささやかれた。そのまま、舌先がねっとりと耳元を舐めあげる。

真幸はたまらず自分の股間を押さえた。

「……出したい、ぐらい、言わんか」

その手を押しのけて、浩二がファスナーを下ろした。手をねじ込まれ、勃起《ぼっき》したものを摑まれる。手のひらが膨らんだ亀頭にこすれて、真幸は腰を浮かした。

「ひぁッ……ぁ。ん、ん……」

「何回でもイかしたるから、出しとけ」

逆手で摑まれ、隙間のない下着の中で浩二の親指が割れ目を刺激してくる。激しくしごいて欲しかった。真幸は焦がれて息を乱す。

「あっ、…はぁっ……あ、あ」

「舌を突き出しとけ。すぐにテッペンまで連れてったるわ」

出したくて出せないもどかしさに喘ぎながら伸ばした舌に浩二が吸いついた。

「ん、く……ふぅッ、うッ……」

真幸は一気に射精する。浩二を押しのけて背を反らした。

「ああッ！　あぁ……あ、あぁ……ぁ」

嬌声《きょうせい》が喉からほとばしった。激しい快感が押し寄せて、もうなにもされていないのに、繰り返し淫《みだ》らな浮遊感に襲われる。

「いまからそんなんで、今夜、俺の相手ができるんか」

後部座席のシートにすがりついて、長距離を走ったあとのように乱れた呼吸を繰り返す真幸は、呆然として顔をあげた。手のひらについた精液をタオルで拭き取った浩二がにやりと笑う。

「時間は腐るほどある。泣いても、意識が飛んでも、徹底的に抱くで。観念せぃや」

言いながら、浩二はなおも胸をまさぐってくる。

すでに挿入して欲しくてたまらなくなっている真幸には地獄だ。どうにか押しのけようと揉み合っているうちにシートへ押し倒され、のしかかられた。

「すんまへん。着きました……」

カーステレオの音が小さくなる。

こちらを一切見ずに言った三笠の肩が、申し訳なさそうに小さく丸まっていた。

「早いやろ、ボケ。気ぃ使わんかい」

　起きあがった浩二がまた運転席を蹴った。

「すんまへん。そやけど、風邪ひきまっせ。アニキは頑丈でも、真幸さんは違うんとちゃいますか」

　車はゆっくりとホテルの入り口前で停まる。

「さっそく、こいつの肩を持つんか。ええ度胸や」

「そんなん、ちゃいますやん」

　弱りきった声で答えながら、

「真幸さんが風邪ひきはったら、兄貴が仕事にならんさかい、言うてますねん」

「おまえ、明日おぼえとけよ」

　浩二が目を細くした。舎弟は震えあがる。

　真幸だけが置いてきぼりだ。浩二の優しさも告白も、寝耳に水だった。なのに、ふたりは当然のように会話をする。

　衣服を整える真幸は、小さなくしゃみをした。


　あやうく、浩二に抱えられて部屋まで運ばれるところだった。

慌てて拒んだ真幸に助け舟を出したせいで殴られた三笠は、気にもしていない顔で笑った。どこか満足げな表情でふたりを見送り、車へ戻る。そのあとのことはわからない。

部屋に着くなり真幸はシャワーブースへ押し込まれた。

熱いシャワーをかけられ、肌に貼《は》りついた衣服を苦労して脱ぐと、浩二の腕に抱き寄せられた。

熱い湯と人肌で温まるにつれ、気持ちが落ち着いてくる。

次第に、夢のような現実を理解した。そして、混乱してしまう。なのに、くちびるを吸われ、背筋をなぞられ、身震いする。

すがりつく術《すべ》も知らない。そんな関係じゃなかったはずだ。

ずっとそばにいたいと願ったが、こんなことは妄想さえしなかった。

ぎこちない優しさがシャワーの流れと一緒に下りていき、尻《しり》の肉を摑まれた。揉まれて息が洩れる。

「疑ってる顔やな」

ついばむキスに目を閉じるのも忘れて、浩二の苦み走った風貌《ふうぼう》をたどると、眉をひそめて言われた。

「わからないんです」

「なにがや」

浩二はキスをやめようとしない。

「……いつから、ですか」

言葉の途中でも、気にせずにくちびるが重なった。

吸われたあとで、軽く歯を立てられる。愉《たの》しんでいる舌が内側もなぞった。味わい尽くそうとするくちづけだ。

「そんなんは、身体にたっぷり教えたるから、気にすんなや」

真幸の質問をくだらないことのように鼻で笑い、簡単に片付けようとした。

「美園さんッ！」

真幸は食いさがった。厚みのある肩を掴み、せいいっぱいの目で見あげる。

一度は信じたのに、心が弱さをぶり返す。

さっきは聞くことで夢が覚めると思った。今度は反対だ。これが夢なら、溺れる前に覚めて欲しい。

「俺にあんなクソ寒い台詞《せりふ》吐かせたんは、おまえだけやぞ。それ以上になにがいるんや。口約束か」

そんなものに意味はないと、浩二の目が語っている。

漆黒の闇のような瞳に映る自分の姿に釘付《くぎづ》けになりながら、真幸は喘ぐようにうなずいた。

「いりません」

浩二の手のひらが頬を撫でてくる。そのまま首に指が絡む。喉を親指でなぞられ、真幸はごくりと息を呑んだ。喉仏を上下させると、浩二がふっと笑った。

「だいたい、なんや。おまえにはすっかり騙《だま》された。関西弁のあの啖呵《たんか》。腰を振るしか能のない男やと思っとったら……」

微笑がため息に変わった。口は悪いが楽しげだ。

「あの……」

「なにを情けない声出しとんのや。さっきの態度はどないした」

真幸は静かに首を左右に振った。

あれは気が昂ぶっただけだ。もう長く封印していた言葉を、スイッチを切り替えるようには戻せない。

「伊藤とは、どっちで話すねん」

浩二の指が、へそをなぶって、水を吸った茂みを掻き分ける。探される間もなく、反り返ったものが握られた。

「ん……っ」

「真幸？」

これは嫉妬なのだろうか。聞けない言葉が頭の中をぐるぐると回る。

伏せた視線の先に、握られた自分と向かい合う男の証《あかし》があった。

「くだらないことを、聞かないでください」

太い男根に目を奪われ、真幸は吸い寄せられるように膝を折る。

先端を舐めると、水の味がした。

「……っく……」

浩二の声が降ってくる。太ももの肉がわずかに震えた。

それが愛しくて、現実を理解しようとすることを放棄した。根掘り葉掘り聞いたところで行き着くところはひとつだ。それはもう、雨の中で聞いた。

たった一度であっても、この男が口にしたなら真実だ。

浩二に必要とされている。それだけが理解《わか》ればいい。

「ん、っ……ふっ。ん……」

真幸は息を乱し、手で支える必要もないほど逞しい肉茎をくちびるで食《は》むように舐めしゃぶる。浩二の背に当たるシャワーのしぶきが真幸の頭上に降りかかった。

浩二はまだ硬さを強めていく。先端をくちびるで吸って舌を差し込むと、独特の甘い体液の味がした。

くちびるの弾力と舌のぬめりを使って、徹底的に愛撫を繰り返した。浩二の息が乱れ、太い指に髪を摑まれる。でも、振り回されたりはしなかった。

真幸は自分のペースで前後に動く。シャワーがタイルを叩く音に混じって、浩二の息遣いがさらに荒くなる。

「くっ……」

逞しい腰が揺れた。それが合図のように性器が引き抜かれる。

ツヤツヤに膨張した先端からびゅるっと、まるで音を立てるように白濁が飛び出した。真幸の顔まで飛ぶ。

浩二の全身がぶるぶるっと震えた。

「……う、はぁっ……はぁっ」

自分の手で二度三度としごき、残滓《ざんし》を絞った。目を閉じた真幸の口元を汚す。

「よけろや」

笑いながら言われ、真幸は静かに目を開いた。視線がかち合う。

避けたなら避けたで怒るのはわかっている。

「顔洗ってから、来い」

先にシャワーブースから出てガウンを羽織った浩二を見送らず、残った真幸は顔に飛び散った精液を指で拭った。ねっとりとした体液は濃くぬめりを持っている。そっと舌で味を確かめた。口の中に広がる痺れが、心の奥に痛みを生む。

その理由を真幸は考えないようにした。

顔を洗い、真っ白くふわふわと柔らかなガウンに袖を通す。腰の紐を結んで視線をあげると、鏡の中に自分がいた。

真幸は目を閉じた。

浩二の優しさをずっと前から知っていたような気がするのは、都合のいい錯覚なのかもしれない。

ひどい行為の裏で、越えない一線があった。それをずっとだれかへの操立てだと思ってきたのは、あとになって傷つきたくなかったからだ。そして。男が胸に秘める優しさの意味を真幸は知らなかった。

愛されたかったけれど、愛されたことがないのだ。

「おっそいのぅ。なに、やってんねん」

渋い声にまぶたを開くと、鏡の中に映るドアのそばに浩二がいた。

「今日は、なんも準備せんでええんやぞ」

手にはウィスキーのグラスが握られている。カラカラと氷を鳴らし、ひと口飲む。

鋭いまなざしが、鏡越しに突き刺さる。

「それとも嫌になったんか？　やっぱり伊藤が恋しいんちゃうやろな」

「……突っかからないでくださぃ」

鏡から離れて浩二の脇《わき》をすり抜けようとする。腕を掴まれた。

「すまん」

謝られた真幸は、弾《はじ》けるように顔を向けた。表情を歪めた浩二は、バツが悪そうだ。

「あの男が動かんかったら、こんなつもりやなかった。おまえは男や。どう扱えばええか、見当もつかん」

「女みたいに、したらいいじゃないですか」

「いつかは身の立つように……。は？　本気で言うてんのか」

目を見開く浩二の手からグラスを取って、半分を一気に飲んだ真幸は熱い息を吐き出した。アルコールが回る。

小さな決意がそのとき新たに生まれ、うじうじと繰り返した戸惑いが消えた。

インクが滲んでもう読めない手紙は、あの道路に捨ててきた。

自分には伊藤と暮らすほかに手立てがなく、父親に会うことだけが許された希望だと思っていた。思い込もうとしたのだ。

自分かわいさに、浩二の本心を問いかけもしなかった。たとえ殴られても、聞くべきだったのだ。もっと早く、だれに似ていて、なにを求めているのか。

聞いておくべきだった。

このひとがすべてを奪って、そして作り変えてくれるなら。

もう一度生まれ直して、いっそ潔く傷つきたい。浩二のためだけに、傷つきたい。

「だって、知らへん」

口を開いた真幸は、自分のくちびるを指で押さえた。意思とは関係なく出てきた関西弁に眉根を寄せる。肩をすくめた。

「人を好きになるんも、好きになってもらうんも初めてや」

「……あほなこと、真剣な顔で言うな」

両手で頬を包まれる。浩二が眉をひそめた。息をつき、真幸の濡れた髪にキスをする。

「ちょっ……」

真幸が止める暇はなかった。気づいたときには身体が宙に浮いている。

グラスが廊下のじゅうたんに落ちて鈍い音がした。

横抱きにされたままリビングを抜け、ベッドルームへ連れていかれる。壊れものを扱うように、そっと柔らかなマットの上に下ろされた。

前髪を手のひらで掻きあげられ、顔を覗き込まれる。

もう片方の手が、ガウンの紐をほどいた。

「人の気ぃも知らんと、とんでもない男や、おまえは。真幸」

浩二は自分で脱いだガウンをベッドの下へ落とす。

「俺が教え込んだる。惚れた相手とするセックスや。身体にも、頭ん中にも。嫌ってほど覚えさす」

肩からガウンを引きずりおろされた。袖から腕が抜け、すがるように浩二を見る。頬を撫でてくる大きな手を掴み、手のひらにくちびるを押し当てた。

「女みたいに扱っても、おまえは嫉妬せぇへんのか」

おまえは。

その言葉の意味が、胸に染みた。浩二が伊藤にこだわる理由だ。浩二は嫉妬したのだろう。真幸の人生を思うままに貪《むさぼ》った男を妬《ねた》ましく思ったのだ。

「する」

真幸は即答した。

「そうか、ならええ。みっともないほど、してくれや。俺に愛された女は山ほどおるからな」

「……単なるセックスの消耗品じゃないか」

「そういうんだけは、はっきり言うんやな」

「伊藤も同じや。今日から、数に入れへん。いままでの全部を消して、あんたのもんになる。……なりたい」

腕を伸ばして、浩二の肌に触れた。指が恥ずかしいほど震えて、胸に額を預けて息をつく。その息さえ、満足に吐き出せなかった。

「してやる。いままで以上に、俺に揺さぶられへんとたまらんカラダにしたるから、覚悟せぇよ」

浩二は笑った。笑いながらキスをされる。強く抱かれて吐息が洩れる。

ベッドに押し倒されて、天井を見あげた。スィートルームの天井は、それだけで別世界だ。一瞬、場末のラブホテルの汚れた天井を思い出しかけて、真幸は残像を消し去るように目を閉じた。

キスで反応した乳首を浩二に舐められる。

「あ、……んっ」

真幸の身体は一気に熱を帯びた。舌は遠慮を知らずにぬめぬめと小さな突起をなぶる。

「う、んんっ……あっ、はぁっ……」

身をよじりながら、逞しい肩へ指をすがらせた。それだけで腰が反応して焦れてしまう。浩二はなおも執拗になった。喘ぎ声を出しながらくねらせる腰を愉しんでいるらしい。

「み、その……さ……」

真幸はいままでのように名字を呼んだが、訂正はされなかった。

「やッ……、やだ。……そこ、ばっかり……」

早くも声を震わせて訴えると、

「仕込んでやるって言ったやろ。それに、こっちは全然、嫌がってへん」

真幸の股間を握った浩二が意地の悪い顔をした。いやらしい、男の顔だ。

「……ひ、あっ……、んん！」

尖った乳首を舌先で弄《もてあそ》ばれ、チリッと痛むぐらいに噛まれる。真幸は指でシーツを乱した。

腰が浮きあがり、浩二の手にすりつけてしまう。心臓が早鐘を打ち鳴らし、股間のものが清流を泳ぐ若鮎《わかあゆ》のように跳ねた。

浩二のくちびるがどこを吸っても肌が粟立《あわだ》ち、真幸は枕《まくら》の端を掴んだ。

「ふぅっ……ぅ、……あ、ぁ……ッ」

浩二の濡れた髪が腹をくすぐり、舌でへそのふちを舐められる。うっとりと喘いでのけぞった真幸は、完全に隙だらけだった。不意を突かれ、次の行為へ移った浩二を止める間もない。手のひらを押しつけるように愛撫されていた性器に生暖かい息がかかったと思ったときには、もう根元まで口に含まれている。

「んっ……！」

驚きで喉に詰まった声とは裏腹に、腰は大きくわなないた。

怯えとも快感ともつかない電流が、血管に乗って全身を巡る。

浩二の舌が肉に絡んだ。彼が男相手にこんなことをするなんて想像もしなかった。

じゅぶじゅぶと音を立てて吸われ、動きたがる腰をこらえて枕の端を噛む。浩二にフェラチオされていると思うだけで燃えて焦れて乱れてしまう。

「う、ふぅ……ぅ……、ん、んッ……ふぅ」

根元を輪にした指でしごかれながら、先端を強く吸いあげられる。舌が鈴口をなぞった。

「あ、やっ……う、うッ……ん」

立てた膝が小さく痙攣《けいれん》した。先端から溢れ出ているカウパーをわざとらしくすすられる。

「あぁ、意外に平気なもんやな」

「も、もう……やめッ……」

「やめたらキツイやろ。出せや」

裏スジをべろりと舐められ、小さく悲鳴をあげた真幸は激しく頭を振った。

浩二は容赦しなかった。根元まで口に収めると、強く吸いながら頭を上下に動かす。

バキュームフェラの強い刺激に、真幸はひとたまりもなかった。

「あ、あ、あぁッ……!」

手放す感覚をこらえて突っ張っていた身体が大きくのけぞる。

自分の意思に反して、吐精が始まってしまった。

だらだらと先端から流れ出る感覚に、真幸はすすり泣きながら枕へ顔を伏せた。

浩二の手のひらに射精した身体は火照り、汗が吹き出す。

息が整わないうちに、後ろの穴を探られた。真幸の精液のぬめりに力を借りて、指がぐいぐいと中へ侵入していく。

鼻で息を吐くと、指を抜いた浩二に体勢を変えられた。

四つん這いの姿勢で尻を突き出す。尖ったものが柔らかく入り口をノックする。指とは違う感触の正体を悟った真幸は硬直した。

浩二の舌はひだをなぞるように動き、中をほじる指に合わせて蠢《うごめ》く。

「そ、そんなのっ……」

あらぬところを舐められていた。

もがきながら逃げようとすると、太ももを叩かれる。ぱちんといい音がした。

なにも考えられない頭で、真幸はくちびるをわなわなと震わせた。

浩二からのフェラチオが初めてなら、舌で濡らされるのも初めてだ。丁寧な前戯の濃厚さに、真幸は心底から身悶《みもだ》えた。身を揉むようにして腰を揺する。

激しい快感が打ち寄せてきて、声も間断なくこぼれた。

「あっ、ん……んんッ、ぁ、あ……」

下腹がぞわぞわと落ち着かなくなり、身体の奥が、突きあげられることを貪欲《どんよく》に望む。

真幸は髪を振り乱して、肩越しに振り返った。目が合う。

「そんな目ぇすんなよ。まだキツいやろうが……くそっ、こっちがもたへんやろ」

欲望で瞳をぎらつかせた浩二は舌打ちをする。ぶつぶつつぶやき、真幸の肩を摑んで仰向けになるように身体を反転させた。

やっと挿入してもらえる安堵感で、真幸は大きく呼吸を繰り返した。両足を自分で抱える。

「よぅ慣らさんと、一晩持たへんぞ」

指がまたぐぐっと侵入する。

「あ。く……」

両膝の裏に爪を立て、真幸は唇を嚙んだ。出したばかりなのにもう硬さを取り戻し始めている性器がふるふると揺れる。

浩二はローションの力を借りるつもりがないらしい。

「……なんでもいいから、……も、うっ……っ！」

むずむずと快楽の火種が燃えた。蕾《つぼみ》はもう花開き始めている。男の太い指を飲み込み、ひくひくと蠢いていた。

「ローションなんて都合のええもん、ないぞ」

「うそ、つき……」

真幸は最後の力を振り絞るように男を睨んだ。視線を受けた浩二は、情欲でぎらつく目でなおも笑う。

「あぁ、嘘や。あとで出したる」

「いまっ……！　……あ、アァッ！」

身体に埋めた二本の指がクロスして、ごつごつと尖った部分に入り口を何度もこすられる。真幸は足を抱えていられなくなった。両手を離し、助けを求めるようにシーツを摑んだ。腰がびくっびくっと動いてしまう。

「おねっ、がい……ッ。もう、くだ、さい……もう、もうッ……」

気がおかしくなりそうだった。張り裂けそうに胸の鼓動が速くなる。

浩二の指に犯されている蕾は完全に蕩《とろ》けた。あとは花びらを散らされるだけだ。

たまらずに真幸はしゃくりあげた。ここまで丁寧に愛撫されたことがない。

指は真幸の身体の反応に合わせて動く。ねじ込まれたいときは指が奥を掻き回し、浅く揺さぶって欲しいときは指の節がぐちゅぐちゅと蜜壺の音を響かせる。

三年間、ただ犯されてきたと思っていた認識の甘さに、真幸は身悶えた。

だれかの代わりに、性欲処理をしているだけのはずだった。

強引に突っ込まれて痛みで寝込んだこともある。中に出されたものが、仕事中に内太ももを伝い、靴下を汚すこともあった。

浩二に弄ばれていると思ってきたのは、真幸の勝手な思い込みだ。

三年間の長い時間をかけて、浩二に身体を作り変えられてきた。心の傷に新しい傷を重ね、だれかに教えられた快楽に痛みを伴う愉悦を刻まれ、太く長い男根で、だれも到達したことのない内壁の処女地を穿たれた。

それぞれの行為の裏で、浩二がどんなことを考えていたのか。薄ぼんやりと想像した。三年という月日の長さを、真幸は思い知る。

浩二との行為がたまらなく気持ちよかったのは、真幸が抱いた愛情だけが理由じゃなかったのだ。

真幸の好きなストローク、前立腺《ぜんりつせん》の場所。そんな器官の都合とは関係なく開発された性感帯。

感じるように、気持ちがいいように、浩二が手を尽くしてきたのだ。

真幸は大きくのけぞって震えた。股間で震えるものは半勃《はんだ》ちのままだが、浩二の指で内壁をこすられ、身体の芯を駆けあがるものがあった。

「あ、あぁっ！　……来、るっ！　……あ、あぁぁッ！　こう、じ、さっ……、ヤだ。嫌だッ、あ、あぅ……うぅぅッ！」

やり過ごせないドライオーガズムの強い衝撃に呼吸が止まる。短い波に意識がさらわれたあと、大きな長い波の到来に全身が緊張した。

「ちぎれる……」

前にも後ろにも行けなくなった指を持て余し、獣のように浩二が舌なめずりをした。

「挿《い》れ、て……。もう、あかんッ……。浩二さんッ、飛ぶ、飛んじゃう」

真幸は我を忘れて、両手を突きあげた。その先に浩二の姿がある。背中に、あざやかな刺青《いれずみ》を背負っている裸の胸が、ぐっと迫ってきた。伸ばした指に、男の手が返される。

それだけで真幸は充足した。

涙が溢れ、悲鳴を振り絞って絶頂に達する。射精を伴わない性的な緊張の解放が、真幸の中で渦を巻いた。

ふっと身体が軽くなり、こころもとない浮遊感のあとに弛緩《しかん》がやってくる。

だが、まだふたりは繋がってもいない。

「ひっ……」

快感の余波にひたる余裕はなかった。全身が脱力した隙をついて、浩二が切っ先を構える。熱がずぶりと突き刺さった。

「あぁ、く……」

とろとろにほぐされていたが、一息に根元まで入る太さではない。

「い、…やァ…。ぁあッ……」

無意識に抵抗しようとした手がシーツに押しつけられた。体重をかけるように、ずく、ずく、と腰を前後に振られるたびに、浩二の昂ぶりが少しずつ奥へとねじ込まれる。真幸は細い嬌声を繰り返す。

「もうぐずぐずになっとんな。根元まで入っとる」

足を抱えられて揺さぶられると、真幸は初めて男を受け入れる少女のように震えてしまう。いまさら純情な反応を返す自分を恥じると、肌が熱を帯びた。

浩二の額には玉のような汗の粒が見え、動きたいのをこらえているのだとわかる。

「真幸」

深みのある声に呼びかけられた。

快楽のふちに立つ瞳を覗かれ、胸で呼吸を繰り返す真幸は口元をゆるめた。うまく笑顔になっただろうかと考えているうちに、額から頬を手のひらで撫でられる。くちびるをたどる指に歯を立てた。

「おまえを、抱いてるんは、だれや。言うてみぃ」

真幸を見る浩二の瞳がギラギラと光る。

乱暴な嫉妬に、真幸の身体も燃えた。

「……浩二、さん」

喘ぎながら答えると、浩二はくちびるの端を曲げてシニカルに笑った。

「その他人行儀がのぅなるまで、焦らしたろか」

「嫌や。もう……やめて」

真幸は汗で湿った髪を揺らす。

「してもせんでも、嫌言うやろ」

「どっちも、ほんまや。……っ……は、んッ」

淡い心地よさに刺激されてのけぞると、顎の先にキスが落ちる。

「真幸」

もう一度呼ばれた。その声の響きに真幸はくすぐったくなる。

「ええ名前や」

浩二が息を吐き出すように言った。

「……あんたが言うんなら、そうかもしれん」

真幸は素直に答える。いままでは皮肉だとしか思わなかった。真逆の人生だったのだ。

横棒を一本取れば、辛《つら》いだと自虐的なことを口にしたこともある。

なにに反応したのか、真幸の肉を掻き分ける圧倒的な太さの浩二が跳ねた。

「くぅ……ふっ」

真幸にはそれさえ刺激だ。腰が短いスパンで痙攣した。

「痛く、ないか……」

眉をひそめて、なおも暴走をこらえている浩二に聞かれた。真剣に尋ねられたのは、生まれて初めてだ。ほかの男も、伊藤も、感じているだろうという確認でしか、その言葉を口にしなかったから。

真幸は目を閉じて、うなずいた。

「ほな、動くぞ」

声を出すのも苦しそうに顔を歪めた浩二がゆっくりと腰を引いた。ずるっと肉が動き、柔らかく敏感になったすぼまりがめくれあがる。苦しいほどの圧迫感はあったが、痛みはない。

「あ、……はッ……」

真幸を押しつぶすようにのしかかってくる身体にすがった。逞しい腕が目には見えないなにかから真幸を守るように肘をつく。

ふたりだけの檻《おり》の中で、真幸は一度だけ、涙で濡れた目で浩二を見た。当たり前のように優しくくちびるを吸われ、とめどなく涙が溢れた。

しゃくりあげて首に腕を回すと、嗚咽が喉を駆けあがる。

もう止められなかった。

「う、ううッ……ふっ、ぅ……」

胸が詰まった。言葉にならない言葉で、声にならない声で、真幸は必死にすがりついた。

「あ、あぁッ……！　イ、くっ……浩二、さっん……ッ。来る、くるぅッ！」

背中に腕が回り、強く抱きしめられる。

「……ん、くっ……あほんだら、……そない、絞ったら、もたん。……くそっ！」

いまいましそうに舌打ちして、浩二はぴったりと押しつけた腰でずんずんと奥を穿った。

「やっ、そこ……ッ」

激しくのたうつ真幸はいっそう強く抱かれ、浩二の頭部をかき抱いた。

腰が自分の意思とは別に、大胆なほど淫らに動く。

「負けや……ッ、真幸」

汗で濡れた顔が、真幸の頬にすり寄った。

「あ、あッ、あぁッ……！」

さっきとは比べものにならない大きな波が真幸をさらった。逃げようとした腕を押さえつけられる。

「や、やだっ……。こんなっ、こんなの、ヤッ……知らなッ！」

浩二は射精に向けて、激しく真幸の奥を貫く。そのたびに、だれにも触れられたことのない処女地を刺激されて、真幸は未知の悦楽に身悶えた。意識が飛ぶ。もう、なにも考えられなかった。

肉の愉悦だ。快感が快感を呼び、肌がシーツに触れるだけで、痛いほど感じてしまう。

「い、……ヤァッ……！」

真幸は叫んだ。摑んだシーツを引き寄せ、足をばたつかせる。腰がびくびくと痙攣した。こわい。抱いて。と叫ぶ。手加減していた浩二が、遠慮をやめた。

快楽に呑まれた真幸は、力でねじ伏せられる。

「堪忍してっ……、もう、もうッ！」

真幸の手が、浩二の背中に回り、昇り鯉《ごい》が龍《りゅう》と交錯する彫り物に爪を立てた。こわいこわいと叫ぶ。

「こわない。抱いてる……ええぞ、真幸。飛べ……ッ。俺はここや！」

言葉と同時に、浩二も低く唸るように雄叫《おたけ》びをあげた。真幸の狭い体内が、熱い体液で満たされる。

「あーッ！　あぁーッ！」

浩二の背中に爪を立てた真幸はのけぞった。身体が強く緊張して、直後に大きく跳ねた。息が止まり、唾液が唇の端からこぼれて白い肌を伝う。

全身が何度も痙攣して、そして意識を失った。

何度も名前を呼ばれた。髪を撫でる手が心地いい。

「美園、さん？」

どろりと重い身体は自由が利かない。相手を確かめずに名前を呼んだ真幸は、まぶたを押しあげた先に、顔を覗き込んでいる男の顔を見て安堵した。

ひとりぼっちじゃないことに、目頭が熱くなる。

「どうして……？」

喉が痛い。声が嗄《か》れていた。なにが起こったのかわからず、すがるように見ると、目を見開いた浩二は察したのか、指で前髪を摘まんだ。

されるはずのない優しい仕草に、真幸は目を閉じた。

「おい、真幸。夢やないぞ。寝直すな」

笑いながら呼びかけられて、また目を開く。

浩二がいる。ここはどこだっただろう。日本を出ることを決めて、迎えの車で伊豆へ向かうはずだった。

身体が寒いのは雨に濡れたからだろうか。

どうして、浩二は裸なんだろう。自分も裸だ。

伊藤はどうしたのか。自分がここにいる理由がわからない。

息を吐き出しても、考えはまとまらない。

隣で横たわり、じっと見つめてくる浩二に視線を返すのも恐ろしく、真幸はぼんやりと天井を見た。

「てがみ……」

どこへ行ったのか。父の文字じゃない、よれよれの代筆文字。

「探しに行かせた。もう読めんかもしれんけど、あとで届けさせる。真幸、こっちを見ぃや」

条件反射だ。命令に逆らえずに顔を向けると、目を細めて心配そうな表情をする浩二がいた。

夢じゃない。死んだんだ、と真幸は思った。

これは現実には起こらないことだ。都合が良すぎる。密出国は失敗して、死んだんだ。

そう思うと、笑えてきた。肩を揺らしてクックッと笑うと、浩二に肩を掴まれた。

「あほか、おまえ。正気に戻れ」

頬を打とうとして手を止めた浩二に抱き寄せられる。くちびるをそっと吸われた。

「死ぬって、ええな」

つぶやくと浩二が苦笑した。

「勝手に死ぬな」

抱き起こされて、グラスを手渡される。水を飲むと、喉がひりひりと痛んだ。

死んでいても痛覚はあるのかと思った。

「あっ……」

「どないした」

小さく叫んだ真幸はわずかに腰をあげた。

「あぁ、大量に出したからな。垂れてきたんか」

シーツが濡れている。尻の間から注ぎ込まれたものが溢れていた。真幸はグラスを持ったまま、窓の外を見た。

　大きなガラス窓の向こうは朝焼けの街だ。東京の夜明け。正面に、空へと背を伸ばす、細いタワーが見える。

「ガウンでも敷いとくか」

　広いベッドの端に腰かけ、身を屈《かが》めた浩二の背中に視線をやった真幸は、そこについている生々しい傷痕に眉をひそめた。

　掻きむしられたように、数本の傷が伸び、血が滲んでいる。登竜門の故事を壮大に彫り込んだ、美しい刺青が台無しだ。

「ひどい……」

　思わず指を伸ばした。

「っ……」

　触れた瞬間、浩二がうめいて、真幸は手を引っ込めた。

「ごめんなさい」

「ええんや……」

「新しいひとですか。乱暴だ」

　真幸の言葉に沈黙が流れた。

「……そんなに、よかったんか」

ささやきが真幸の耳朶を犯すように響いた。ぞくりと背中が震える。

腰が反応しかかって隠したが、間に合わなかった。

「まだ勃つんか。いやらしい男やな」

浩二は微笑んでばかりだ。これが未練というものかと真幸は思う。死ぬなら、このひとのことだけが心残りだとずっと思ってきた。

こんなにも笑いかけてもらえるなら、いっそ早く死んでいればよかったと息をつく。

「おまえやぞ、やったん」

顔を覗き込まれた。驚いて目をあげると、勝負強さをそのまま閉じ込めた瞳に違和感を覚えた。まばたきを繰り返す。記憶らしきものがよみがえるが、真実なのか妄想なのか判断がつかない。

まさか、そんな。

そう、思う。

「女でも、あんなイき方、見たことあらへんぞ」

「……僕が、したんですか」

「したなぁ」

浩二がにやにやと笑った。意地の悪い笑い方だ。しかし、少年みたいに屈託なく、瞳が輝いている。

これは現実だ。妄想でも、死後の世界でもない。

「痛い、ですか」

「うん？　ええ感じや。男の勲章やろ」

ガキ大将の顔だ。指で鼻をこすりあげそうな表情に、真幸は思わず笑う。

「思い出したんか」

「夢じゃないんですか」

「違うなぁ……がっかりするか」

「そう言ったら、殴るんでしょう」

「また失神するほど犯すだけや。いくらでもかわいがったる」

首を抱き寄せられ、くちびるが当たる。真幸は自分から舌を出して、おそるおそる浩二のくちびるを舐めた。

「下手でしょう」

驚いた浩二に向かって肩をすくめた。

「そこがええんかもな」

息を吐くように言った浩二が立ちあがり、両手を伸ばしてきた。

「ケツ洗わなあかん。来い」

「だ、だめです」

真幸が拒むと、無理やり腕を引かれた。赤ん坊のように縦に抱きあげられる。

「お姫様抱っこがよかったか」

「それはもう……いいです」

やっぱり現実だ。そう認識しても理解できない。天地がさかさまになったぐらいに衝撃的なことだ。

そのままバスルームに連れていかれ、バスタブで身体の中に溜まっていたものを掻き出される。ついでに具合を確かめるとかなんとか言われて、後ろから押し込まれ、真幸はまた散々に喘がされた。真新しいガウンを着せられる間も立っていることができず、抱きあげられてソファまで運ばれる。

しばらくしてスイートルームの呼び鈴が鳴り、予備のキーを預かっていたのだろう三笠が顔を見せた。

「アニキ、届きましたで」

彼が入ってくると、空腹を刺激するいい匂いがついてきた。

「おはようございます」

三笠の態度が違っている。前はもっと砕けていたのに、今朝《けさ》はやけに礼儀正しい。

「大阪から持ってこさせたんでっせ。厨房でふかしてもらいました。できたてのほやほや」

ワゴンの上の、シルバーに輝く食器のふたを、もったいぶってはずす。

「うまそうやな。食えよ、真幸。懐かしいやろ」

浩二が顎を動かすと、三笠が皿に乗せて差し出した。

真っ白い、ふかふかの肉まんだ。皿にはからしもついている。匂いを嗅いだだけで、真幸の脳裏に真っ赤なパッケージが浮かんだ。

「うまいか」

Tシャツにベロア地の黒いジャージズボンを穿《は》いた姿で、隣に座っている浩二が聞いてくる。うなずきながら真幸は夢中で食べた。空いた皿に、三笠がもうひとつ置く。

「こいつ、こてこての関西弁やねんぞ」

三笠に向かって浩二が笑った。

「ほんまでっか。欠片もありまへんやん」

「おまえにはな、聞かせたないんやと」

ふざける浩二に、

「そんなこと、言ってませんよ」

関西のイントネーションを微塵も見せず真幸は言った。

「ほらな」

浩二はニヤニヤする。三笠は本気なのか建前なのか、がっかりした顔で肩をすくめた。

「そうでっか。ほんま、よろしかったですなぁ。兄貴。ほんなら、俺はさがらせてもらいます」

部屋を出ていこうとして、くるりと振り向いた。

「あかん、あかん。これですわ」

言いながら、胸ポケットを探り、ぼろぼろの手紙を取り出した。かさかさに乾いているが、滲んだインクは元に戻らない。真幸は無言で受け取った。

三笠は今度こそ出ていく。

「真幸」

手紙をなぞっていた指を止め、顔をあげた。ソファの背に預けた腕を動かして、浩二が真幸の襟足に指先を伸ばしてくる。

「俺と探しに行くか」

「……伊藤は、死んだんですか」

「身を隠しただけやろ。公安に垂れ込んでやった。仕返しや」

「ほっといてやってください。美園さんの手を煩わせるほどの人間じゃない」

「浩二」

いきなり言われて、真幸は面食らう。

「え？」

「おまえ、昨日はそう呼んどったぞ」

「え、あぁ……すみません」

「あほか、ちゃうやろ。そう呼べや。……おまえは、伊藤と行きたいんか」

浩二の目を見つめ返した。まっすぐに射抜かれて、そらすこともできない。

真幸は静かに首を振った。

「会いたくないんです」

伊藤とも、父親とも。いつかどこかでのたれ死ぬなら、自分の知らないところでそっと消えて欲しい。

「いいんか、それで」

「いい。大人の泣き言はもう聞きたくない」

「おまえが言うなら、それでええ」

真幸は、手にした手紙を破った。小さく小さく刻んでいく。

「浩二さんのそばに置いてください。自分の人生を、俺は自分の足で歩いていく」

「……見といたる」

まぶしそうに目を細めた浩二の指を、真幸は怯えながら握った。

すぐに指が動いて握り返される。くすぐったさに肩をすくめた。

浩二の視線は、もう自分を通り過ぎていかない。

真幸の瞳で止まり、その奥だけを見つめていた。

探しあぐねた死に場所が、いま静かに与えられている。真幸は意外なほどあっさりと、喜びだと思った。

昨日の夜のセックスの激しさに比べたら、ほかのことはすべて淡白に違いない。生きるということは、そういうことだ。

一瞬の快感を夢のように感じる平穏な暮らしの中で、人は静かに自分との闘いを続けている。

「ほんまにやりたいこと、ないんか。もうおまえは片棒担がんでええんやぞ」

その言葉を告げるために、浩二は密売ルートを閉じようとしていたのだろう。

男に対して芽生えた感情は、浩二を苦しめたに違いない。セックスだけなら遊びでやれる。でも、嫉妬や執着は別だ。

迷った末に正攻法を使うのが、浩二の男らしいところだ。

引き締まった頬を指先でなぞると、手の甲にキスされた。真幸はまばたきを繰り返す。

潤む目を見られたくなくて、顔を伏せた。

「……勉強、したいんです」

小さな声で言った。

「おまえ、変わってんな」

「中学もろくに行けてないから」

「そうか」

浩二の表情がぐっと引き締まった。

「好きなようにやってみたらええ。いまさら遅いこともないやろ。金は俺が出してやるから、心配すんなや」

「身体で返せますか」

真剣に口にした真幸の言葉は、浩二の豪快な笑いで冗談にされた。

「あほか、おまえ。それは別や」

「……」

「ほんま、あほやな。言うとくけど、俺はおまえに惚れてる。積め、言うんやったら、いくらでも札束積んだる」

「じゃあ、自分の意思で一緒にいます」

「俺が好きか」

男らしい風貌を見つめ、真幸は薄く笑う。

「身体に聞いてください」

「ほな、そうするか」

ガウンの腰紐がほどかれる。真幸が背中へ腕を回すと、傷に触れたのか、浩二は息を引

きつらせ、

「そこはやめろや。感じすぎる」

男らしい眉を跳ねあげた。

真幸は笑って、それでも静かに爪痕へ指を這わせた。

そして、愛するということの、謎《なぞ》めいた深淵《しんえん》を覗き込む。

このひとを知りたいと思う気持ちに寄り添い、許された恋の始まりに目を閉じる。

都会の空には、朝の光が広がっていた。目を閉じていても、それはまぶしいぐらいに真幸を照らしていた。

＊＊＊

その客が来たのは、浩二を見送った一ヶ月後だった。

窓から店内を覗き込んでいたスーツ姿の中年男が、ふらりと入ってくる。後ろから続いたもう一人は若く、夏生地のスーツに眼鏡をかけていた。

窓の外にまだもうひとりいるらしく、カジュアルなシャツの袖がちらちらと見えている。店の前に並べた花を眺めているような素振りをしているが、おそらくは見張りだ。

「ちょっと、いいかな」

初めに入ってきた中年男が、胸ポケットから写真を出す。

内心で身構えながら、真幸は怪訝《けげん》そうな顔でふたりを見比べた。写真を見せようとしている男は体格が良く、四十歳前後に見えるゴツゴツとした顔つきに、いわゆる『ぎょうざ耳』がついていた。柔道の稽古《けいこ》で耳がこすれてつぶれる特有の形だ。

「……警察、ですか？」

「警視庁の方からね、来たんだけど」

見据えてくる目には有無を言わせぬ強引さがあった。でも、真幸が臆《おく》することはない。恐喝にも恫喝《どうかつ》にも慣れているし、警察もヤクザもよく知っている。

とっさに美園のことが脳裏をかすめた。

拳銃密売のルートを閉じようとしている話がどうなったのか。毎日のように様子を見に来る三笠からはなにも聞いていない。

「この男、君のお父さんだね。伊藤真幸くん」

男が写真を見せてくる。ちらりと見てから、真幸はもうひとりの男へ視線を向けた。仕立てのいいグレーのスーツを着た男は、ふたりに近づきもせず、棚に飾られたアレンジメントを眺めている。背が高いうえに腰高で、姿勢もいい。

ふたりのアンバランスさをいっそういぶかしんで、真幸は口を開いた。

「警察手帳、見せてください」

「おおげさだな。単なる質問じゃないか」

中年男が眉根をしかめた。手をスーツの内ポケットへ忍ばせる。

「正直なところ、死んでくれた方がいい相手だろう」

口を開いたのは、棚を眺めていた男だ。眼鏡をかけた顔は、それも含めて雰囲気がある。警察だとしたらよほどのキャリアに思えた。

見た目は真幸と同じ二十代後半だが、ぎょうざ耳の男よりも偉そうに見える。

「なにが聞きたいんですか。警察じゃないなら、それでいいですけど」

「伊藤の居場所が知りたい。美園が隠しているなら、あんたが知ってるはずだ」

「おまえ……っ」

声をあげたのはぎょうざ耳の中年男だ。咎《とが》めるような目を、長身の男へ向ける。それを気にも留めず、男はスラックスのポケットに手を入れた。妙に気障《きざ》だが、さまになる。

「あんたが聞きたいのは、俺たちが警察か、公安か、それとも左か右か、ってことだろう。それによって答えを変えるつもりなら、それも美園のためか？」

いきなり歩き出した男は、自分の仲間を片腕で押しのけ、後ずさった真幸を壁へと追いつめる。

「あんたの反応から言って、父親はまだ死んでないんだな。……殺してやろうか。そんなこと、美園には言えないんだろ？」

顎を強く摑まれ、顔をあげさせられる。ムスクとレザーの混じった香水が強く香った。インテリめいているが、警察とは思えない。服も匂いも高級で趣味がいい。金のかけ方で、ヤクザだと思った。

「やめろよ。話をややこしくするな」

中年男が怒ったような声で言ったが、止めに入ることはない。中央の作業台の上へ座る気配がした。

「俺の見えるところではするな。奥で済ませてこいよ、奥で」

あきれたような声と同時に、長身の男に腕を摑まれた。そのまま事務所へと引きずり込まれる。

「……なにを、聞きたいんですか」

抵抗しても無駄だということはわかっていた。事務所の扉が閉まり、男とふたりきりになる。テーブルへと追いつめられ、スーツの胸元を押し返した。

どうすれば美園の迷惑にならずに済むのかを考えたが、情報が少なすぎて判断がつかない。男たちがヤクザである確証もなく、間違っていたら厄介だ。

伊藤の写真を糸口に、拳銃密売のルートを探っている可能性もある。

「だから、おまえの父親の生死と、生きているなら居場所。美園との関係はわかってるから、いまさら知らないふりはするな。あとは、美園がかわいがってる身体の仕上がり加減でも確かめておこうか」

いきなり急所を握られ、真幸の悲鳴が小さく引きつった。怯えた身体を追い込んだ男の膝が足の間へと入り、手早くファスナーをおろされる。

ベルトをはずす片手の動きも素早く、チノパンのボタンがはずされた。下着ごとずりおろされ、テーブルへ手をつくように促される。

「ケガをするぐらいなら、身を差し出す方針か。……ケガをしてでも抵抗した方がいいときもあるぞ」

男の声が耳をなぶる。真幸はチャンスを待っていた。こっそりと靴を脱ぎ、踏みおろされたズボンから片足を抜く。

男が自分のスラックスのベルトをゆるめるのに合わせて逃げる算段だ。だが、動きは予測され、足を払われて体勢が崩れる。

それでも逃げようとしたが、ままならない。

男は冷静だった。獲物を追うことには慣れているのだろう。

チノパンを片足首にまとわりつかせたままの真幸をわざと逃がし、

「こっちへ来いよ。真幸」

まるで口説くように言う。テーブル越しに対峙《たいじ》した真幸は、チノパンを引きあげる余裕もない。壁へと後ずさり、唯一の逃げ道である裏口をちらっと見た。

おとなしく犯されるという選択肢もあったが、受け入れるにはかなりの覚悟が必要だ。一ヶ月前の浩二を思えばなおさら、ほかの男に犯されるわけにはいかない。

ケガをしてでも抵抗するのが操立てだと言った男を、真幸はテーブル越しに強く睨んだ。ヤクザなのか、警察なのかは知らないが、美園と対立していることだけはわかる。犯されたと知れば、美園が激怒するような相手なのだろう。

後ずさりながら、背後の棚を探る。そこに花切り鋏《はなきばさみ》があるはずだった。

「なにが、楽しくて……。見ての通り、男なのに……」

時間稼ぎを言うと、

「わかってるだろう？」

男はニヒルに笑った。女なら痺れるような悪めいた表情だ。

苦み走った男臭さのある美園の魅力とは真逆の、甘い雰囲気は薄暗さを背負い、淫靡《いんび》でさえある。

「美園が大事にしてるものだから、いじってみたくなるんだ。それなりに優しくしてやるから……。あきらめて、こっちへ来い。男とのセックスも、俺の方がうまい」

「……イヤだ」

静かに首を振った。噛みしめたくちびるをほどく。

「僕は、彼のものだ。あのひとがそうしろと言わない限り、だれとも寝ない」

「まぁ、そうなるよな。で、その鋏で俺を切るのか、それとも自分を切るのか。どっちだ」

男の声はどこまでも静かだった。店に入ってきたときからずっと、冷めた目をしたままだ。真幸を汚すことに興奮している気配もない。

だが、美園を貶《おとし》めようとする決意は感じられた。それが一番、真幸の心をざわつかせる。

「……死にます。あのひとに恥をかかせるぐらいなら」

「あぁ、そう」

ふっと目を細めた男は死神のようだった。冷酷かつ静謐《せいひつ》な笑みを浮かべ、おもしろがるでもなく、真幸に先を促す。

「ためらい傷ほどみっともないものはない」

愛の証に死ぬのなら、と男から言外に嘲《あざけ》りを向けられる。

男に操られるように鋏を自分の喉元へ向けた真幸は、浅く息を繰り返した。頭がくらくらして、目の前がかすんでいく。腕がぶるぶると震え、鋏をしっかりと握り直した。

死ぬことはこわくない。そう思って生きてきたはずなのに、美園のためだと思うほどに、膝の震えが止まらなくなる。

「死んだあとの始末の時間もある。やるなら、さっさとしろ」

男の視線が腕時計を確かめる。

そのとき、店へ続くドアが激しい音を立てて開いた。鍵がかかっていたのを力任せにぶち破って飛び込んできた男の姿に、真幸は目を見開いて放心した。

あの雨の日と同じぐらい、脳の情報処理が間に合わない。

サマーセーターを着たカジュアルスタイルの美園は、着替える暇もなく駆けつけたのだろう。髪もおろしたままだった。

「思ったよりも早かったな」

時計から視線をあげた男が言ったが、美園の視線は真幸を見て止まっていた。

下半身をさらして、花切り鋏を喉へあてがっているのだ。驚かないはずがない。

唖然とした表情の中で、怒りがふつふつと煮えていく。ぎりっと睨み据えてきたのは、真幸が勢い余って鋏を振るったりしないようにだろう。

睨まれて硬直した真幸は、大股《おおまた》で近づいた美園に鋏をもぎり取られた。

無言のままで、首を左右に振る。なにもされていないと伝えたかった。

「おまえのせいやない」

腕で棚へと押しやられる。チノパンを引きあげるように促されて従うと、事務所に大きな音が響いた。美園が、花切り鋏を男へと投げつけたのだ。

身軽にかわされ、後ろに置かれていた花瓶が粉々に砕け散っている。

「どういうつもりや！」

な」

美園が声を張りあげた。

「避《よ》けたんだよ。顔に傷でもつけられたら迷惑だ。おまえと違って、色男で売ってるからな」

男は飄々《ひょうひょう》として答える。

「そんなに怒るなよ。おまえの愛人の腰の軽さを見るのは、俺の愉しみなんだから」

「迷惑や、って、言うてるやろ」

「おまえにはそうでも、相手はいつも鞍替《くらが》えしたがるじゃないか」

「てめぇが、えげつないからや！」

「大きさも長さも、そう変わらないのにな。やっぱり、顔とテクニックだよなぁ」

「黙ってろや、アホ」

怒鳴りつける美園の背後で、真幸は息を呑んだ。ふたりの関係がよくわからない。

「冗談が過ぎる。こいつは、本気で死ぬんやぞ」

「愛を誓って死ぬんだから、おまえも男冥利《おとこみょうり》に尽きるだろ。死別なら幻滅することも裏切られることもなくなる」

テーブルの天板に腰を預け、男は髪を掻きあげた。

「余計なお世話や。ボケが。……真幸」

美園が振り返る。顔を見られ、真幸はどぎまぎと視線を揺らした。

死のうとしたことを怒られるのではないかと思ったからだ。

でも、美園の反応はまったく違った。震えている指を摑まれ、くちびるにキスされる。

ゆっくりと重なり、舌が柔らかくくちびるを撫でて離れた。

「黙ってヤられろとは言わんけど、あっさり死ぬのもやめろ」

「ごめん、なさい」

「ケガのひとつもされたない。理解《わか》れよ」

「……はい」

こくりとうなずくと、テーブルから離れた男がイスを引きずってきた。真幸の身体の震えが止まらないのを見かねたらしい。腕を摑もうと伸ばされた手を、美園が勢いよく払いのけた。

男は笑いながらふたたび離れ、真幸はイスに座った。片側の肩をぎゅっと摑んだ美園が、男を追うようにテーブルへ近づいた。

「ここでなくても、よかったんちゃうんか」

セーターをまくりあげた腰から包みを取り出し、ごとりと音をさせてテーブルへ置いた。

重い金属音に真幸はハッと息を呑む。何度か触ったことのある拳銃の包みを思い出した。

「気にかけてくれと頼んだのはおまえだ」

男は紙の包みを解き、中の布をめくる。そこにあるのは、黒い小型拳銃だった。

「使い方は知ってるやろ」

美園の返事にうなずきながら、男はジップのついた小袋を持ちあげる。中身は銃弾だ。

「これが、ここで取引する最後や」

「再開は？」

「ほとぼりが冷めてからやな。ほかの方法にするかもしれん……」

「決まったら、また」

「わかってる。おまえには知らせる」

男が拳銃を包み直し、自分のスラックスの腰に差し込んだ。スーツのボタンを留め直すと、何事もなかったかのように隠れてしまう。

「あんたのオヤジが警察にタレ込んだおかげで、石橋組の商売がつまずいたんだ」

男の視線が真幸へ向いた。

「誤解させんな。真幸。こっちにとったら、都合がよかったんや。上への言い訳ができたからな。警察に目をつけられたら、いくらうまいことといってるルートでも、一旦は閉めなあかん」

「店は？」

真幸の質問に答えたのは、美園ではなく、拳銃を受け取った男だ。

「いきなり閉店したら、悪いことしてましたって言ってるも同然だろう。だから、この店は継続。しばらくは大阪行きもあきらめることだ」

「そう、ですか……」

真幸はほっと胸を撫でおろした。それを横目で見た美園が、小さく息を吐き出す。男を睨みつけ、

「岩下《いわした》、次に手ぇ出したら、二度と人前に出られへん顔にしてやるから覚えてろや」

びりっと空気が痺れるような本気の勢いで凄《すご》んだ。岩下と呼ばれた男はニヒルに笑い、

「いくら、おまえのとっておきでも、男の味なんて知れてる。その代わりに、こっちはロハで」

自分の腰をポンと叩いた。そこには拳銃がある。

「はぁ？……足元、見やがって」

「直系本家のヒラが、高山組系に使われてるなんて知られたら、俺の指が飛ぶ」

「小指やったら問題ないやろ。おまえが突っ込むんは、この二本や」

美園が人差し指と中指を揃《そろ》えて卑猥に笑う。身を乗り出した岩下がその指を払い落とす。

「うちの組はな、指の一本でもなくなったら追い出される」

「ほんなら、うちに来い。……それで、だれを殺《ヤ》るつもりや」

「あんたの愛人には聞かせられない。知りすぎるとろくなことがないだろ」

「伊藤が嚙んでるんか」

美園の言葉に、真幸は背筋を伸ばした。

「だれが、居場所を押さえてる？　聞きたいことがある」

岩下の目が真剣味を帯びた。伊藤を探しているのは事実なのだ。

「うちや」

苦々しく答えた美園の視線が真幸へと向けられた。

「おまえは放っておいてくれと言うとったけど……、悪いな」

慌てて首を振ると、岩下がテーブルから離れた。

「あの男はたぶん死ぬ。俺が手を下すわけじゃないけどな」

「原因を聞いてもいいですか」

「公安の協力者になってたのは知ってるか？」

「確か、ときどき……」

「大阪で、ヤクザと人権団体相手にした詐欺に加担したことは？」

「……いつですか」

「こいつは長いこと、俺が面倒を見てきたんや。その間のことやろ」

美園が口を挟み、岩下は小さくうなずいた。

「ここに公安が来るようなことがあれば、おまえにも知らせる。関西の事件だから、だいじょうぶだろうけどな、頻繁な出入りはするなよ。大阪ならともかく、こっちの公安に目をつけられたら、話が厄介だ。伊藤の息子は死んだってことになってる。表に出るなら、すべて済んでからにしろ」

「……伊藤なら、少し痛めつけただけで、なんでも話すと思います。だれかの役に立って死ぬなら、いくらか報われる」

岩下に向かって言った真幸の言葉に、美園が眉をひそめる。気づいた真幸は、首を傾げて苦笑する。

「美園さん。報われるのは、伊藤の人生です。僕はなんとも思わない」

「そうか」

そっけない一言の中に、美園の優しさが見え隠れする。くすぐったくてうつむくと、岩下が肩を揺らして笑った。

「なぁ、あんた。本当のところ、あの男が死ぬなら、どんなふうがいい。生死に興味がなくても、死に様ぐらい気になるだろう」

岩下はやっぱり死神のように不吉な笑みを浮かべる。

「人生を振り返る時間が、嫌というほどあればいいと思います。徹底的な『自己批判』を……といっても、日和見《ひよりみ》なんで、泣きわめくだけだと思いますけど」

「あんたが味わった苦痛以上の苦痛を与えてやるよ。なぁ、美園。おまえのためにも」

見つめられた美園は答えなかった。苦み走った横顔は真剣そのもので、引き結んだくちびるは緩みもしない。

伊藤の苦しみがなぜ美園のためになるのか、真幸にはわからなかった。でも、美園の横顔はそれを望んでいる。

「俺はこれきり、ここには来ないから。心配しなくていい」

岩下は事務所から出る間際にそう言った。そして、

「アニキの嫁の手土産《てみやげ》にしたいから、思い切り豪華なアレンジメントを作ってくれないか。気の強い女が喜びそうな」

と、付け加えた。


「あいつは、大滝組直系本家の構成員なんや」

岩下が帰ったあと、待つと言った美園のために一時間早く店を閉めた。ドライブに誘われ、近くの駐車場に停めてあった車で湾岸沿いへ出る。

「大滝組は、関東で一番大きな組ですね」

「母体の構成員は『直系本家』の一員って扱いや。あいつは、まだヒラの構成員やけどな。じきに上へ出る男や。そうなったら、俺よりも格上やな。石橋組は言うても、高山組の中では三次団体や」

だからこそ、東の一大組織直属にコネがあることは重要だ。

「仲がいいんですか」

「よさそうに見えるか？」

美園は嫌そうに顔をしかめたが、花切り鋏を投げても大ゲンカにならなかったところを見れば、気心が知れていると思って当然だ。

「あの……」

窓の外に、夕暮れに輝き始める街並みが見える。

声をかけたきり、話し出せずにいると、美園の手がまさぐるように伸びてきた。とっさに握り返すと、

「あれをロハにしたんは、おまえのことを頼んであることだけが理由やない。あいつが殺るんは、関西の問題でもあるんや。あいつにとっても極道人生をかけた大勝負になるやろ。まぁ、それはどうでもええ」

高速道路を抜け、いつの間にか、車は横浜まで来ていた。

「あれをあいつに渡したことで、万が一のとき、うちの組は逃げ切れる。痛い目を見るんは、大滝組の下部団体やろ。俺と岩下の仲は、持ちつ持たれつや。おまえは、なにも心配せんでええ。しばらくは不安やろうけど、三笠も置いておくし、なんかあったら連絡せぇよ」

「……美園さんに、危険は……」

「心配か」

車が信号で停まる。行き先が真幸にはわからない。

そっと頬を撫でられ、性的な興奮を覚えてうつむいた。そのつもりだろうかと思う。

誘って欲しい、帰りたくない。

言いたくて言えない言葉が、肌から滲み出していくようだ。

「たまにはラブホにでも入らんか？　俺がどれだけ頑丈か、おまえに教えたる」

知っているけれど、真幸は無知を装ってうなずいた。

「僕も、頑丈です」

「ほんまか？　じっくり調べなあかんな」

ふっと笑いながら車を発進させる美園の横顔を、真幸は静かに目で追った。

たまらないほどに募る恋心に心が囚われ、息をすることさえつらい。本当に頑丈だったかどうか、ふいに不安になる。美園に触れられたら、泣いてしまいそうだった。

いまとなっては、それさえ許してくれそうな美園の逞しさを目で追い、真幸はひっそりと、全身全霊の想いを傾ける。

夜景のきらめきが、瞳の中で滲んでいた。

夜明けを過ぎて

見つめられていると緊張する。

客に確認してもらったアレンジメントを、箱に戻す手が震えてしまいそうだ。

「ごめんなさいね。急にふたつになってしまって」

目の前の女性客が申し訳なさそうに肩をすくめる。硬い表情をしていることに気づいた真幸《まさき》は、慌てて営業スマイルを浮かべた。

店内に居合わせたもうひとりの視線に落ち着かず、客商売の基本中の基本も忘れそうになる。

「いつもありがとうございます。ハロウィン用のピックを多めに用意していてよかったです」

「とっても素敵なアレンジメントだから、ゲストも喜ぶと思うわ。ありがとう」

「いいえ、こちらこそ。どうぞハロウィンを楽しんでください」

代金を受け取り、お釣りと領収書を返す。

これから自宅に帰って子供の仮装を準備するのだと話していた奥様が、店の隅で手持ちぶさたに立っているスーツ姿の男へ視線を向ける。

真幸はさりげなく女の視線を遮った。出入り口のドアを開けて、夕暮れの通りへと送り出す。

「あんな人に花を贈られる女性は幸せね」

真幸の肩の向こうを覗《のぞ》こうとした奥様が、名残惜しげにささやいた。

「ご注文はお見舞い用ですよ」

思わずついた嘘《うそ》に、客を見送ったあとでため息が出た。

「だれが見舞いに行くんやって？」

関西のイントネーションが低く響く。不意打ちは真幸の耳元をくすぐり、驚いて肩をすくめた。

男の手が営業札を『ＣＬＯＳＥＤ』に返し、ドアを閉めた。

「聞こえて……」

振り返るよりも早く、男の太い腕が身体《からだ》へと絡む。

ダブルのスーツを恰幅《かっぷく》のいい体格で着こなした男は渋い。

肩幅が広くて、胸板が厚く、撫《な》でてあげて固めた髪がクールだ。愛想笑いもしない寡黙さに見え隠れするのは、匂《にお》い立つような男の色気だった。

目つきが鋭すぎるのも、刺激に飢えた奥様たちには新鮮なのだろう。

耳朶《じだ》を噛《か》まれ、舌で耳の後ろを舐《な》められる。

「ちょっ……」

真幸は身をよじってもがいた。

「やめてください。店内では」

通りに面した小窓はカーテンもないし、日が完全に落ちれば、明るい室内は外からでもよく見える。

「俺にも作ってもらおか」

嫌がる反応を鼻で笑った浩二《こうじ》の一言に驚いた。

「本気ですか」

「小さいのがええ。机の端に置けるような」

「……わかりました」

贈答用なら何度も作ってきたが、浩二から自分用のアレンジメントを頼まれるのは初めてだ。

「どんな雰囲気のものにしますか」

隣の部屋の事務所スペースに設置してある保管用のガラスケースを思い浮かべた。残っている花は乏しい。

「俺にわかるか、そんなもん。おまえのええように作れや」

浩二は面倒臭そうに言った。そっけない態度だ。

むやみに笑わない無愛想なところが硬派な雰囲気で魅力的だが、目つきが鋭く声の低い彼は、骨の髄までどっぷりと関西のヤクザだ。

肩をそびやかして繁華街を流せば、チンピラはみな恐れをなして道を開ける。

「俺が気に入るように、俺のことを考えて作れよ。おまえの仕事やろ？」

花を用意して、店内の中央の作業台での準備を終えた真幸は、無茶なことばかり言う男を見つめた。

「努力します」

静かに答える。言いたいことは山ほどあるが、それを口にはできない。

半年前、浩二との関係に耐え切れずに彼の前から去ろうとした真幸は、思いもよらない告白を受けて引き止められた。あれから変わったのは、些細《ささい》なことばかりだ。

真幸は相変わらず、住宅街の隅でフラワーアレンジメント専門の花屋を続けている。そして、浩二が仕事で都内入りすると、ホテルへ呼び出される。手荒く犯されることも同じだ。

変わったことはただひとつしかない。

真幸は目を細め、水を含ませたオアシスと向かい合った。

両手ほどの小さなバスケットに設置して、花を挿していく。

「煙草《たばこ》の灰はいいですけど、吸殻は床で消さないでください」

小皿を用意してテーブルの端に置くと、くわえ煙草に火をつけた浩二は不満げに目を細める。その仕草だけで震えあがるほどに威圧的だが、真幸は平気だった。高圧な態度は浩二の専売特許のようなものだ。魅力に感じることはあっても、不満には思わない。

それ以上はなにも言わず、作業を再開した。

小さく分けた秋色アジサイや紅葉した葉をベースにして、黒蝶《こくちょう》という名の大輪のダリアをメインにする。濃いワインレッドのアレンジメントに、ダイアモンドリリーと小さなデンファレを埋め込んだ。

「器用やな」

夢中になっていた真幸はハッと息を呑《の》んだ。低い声で現実へ引き戻される。

浩二はその場にしゃがんだ姿勢でテーブルに肘《ひじ》をついていた。

「イスを……ッ」

慌てて立ちあがると、腕を摑《つか》まれる。

「ええから続きをやれよ」

「でも」

「別に、しんどない。気にすんな」

「と、言われても……」

かぶりつきで見られていると気づいてしまっては、集中力を取り戻すことが難しい。

でも、浩二の機嫌を損ねたくなかった。真幸はそのまま作業に戻る。

全体を眺め、色調と形を確認した。

テーブルの端から顔を出すような浩二の仕草は少年めいている。苦み走った男の姿に似つかわしくない印象を感じて、真幸は眉《まゆ》をひそめながら笑ってしまう。

浩二はなにも言わなかった。咎《とが》められもしない。

ふたりの間にある奇妙な雰囲気こそが、半年前からの変化だ。

くすぐったく感じながら、真幸はアレンジメントを完成させた。

「できましたよ。お気に召すといいですが」

ボルドーでまとまったアレンジメントを浩二の目の前に置く。

「これがおまえの俺に対するイメージなんか」

「……えぇ、まぁ……」

浩二のそばに置いてあって恥ずかしくないアレンジメントを考えたのだから、つまりは真幸の彼に対するイメージが反映されている。

「この花はエロいな」

笑った浩二がデンファレの花に気づき、伸ばした指でいたずらに花芯《かしん》へ触れようとする。

真幸は手のひらで遮った。

「乱暴にいじらないでください」

「おまえを触るみたいにか？」

からかうように顔を覗き込まれて、真幸の身体は熱を帯びた。頬《ほお》が赤らんでいるのを自覚した恥ずかしさでうつむくと、顎《あご》を指先で持ちあげられる。

浩二は蘭《らん》の花を見るたびに女の性器みたいだと笑って指を差し込む。

その下品な行為はいつも、彼に抱かれる女たちを真幸に想像させた。

持て余すほどの強い嫉妬《しっと》が身体の奥で渦を巻き、そのあとで犯されるとどんなに乱暴でも満たされてしまう。

数多くいるだろう情人たちの端にでもいい、名が連なっているなら嬉《うれ》しいと思う浅ましさが悔しかった。大勢のひとりだからじゃなく、これ以上の幸せを望む自分の身の程知らずが恥ずかしい。

「箱に入れますから、待ってください」

持って帰って欲しくて、重なりそうなくちびるを避けた。箱は事務所に置いてある。

「そんなん、どうでもええ」

あとを追ってきた浩二の声が苛立《いらだ》っていた。

逃げたと思って怒っているのだ。真幸は不安になりながら振り返った。

作らせておいて、持って帰るつもりがないのだろうか。

傍若無人で気まぐれな彼なら、ありえる話だ。ちょうどいいサイズの箱を取り出す手を止めて向き直る。大股《おおまた》で近づいてきた浩二に、両方の二の腕を掴まれた。

強引にくちびるを奪われ、真幸は思わず伸びあがる。身を引くほどの純情さは、あいにくと持ち合わせていない。

二ヶ月ぶりのくちづけは、待ち望んでいた激しさで、濡《ぬ》れた舌先が生き物のように絡んでくる。

「んっ……」

背の高い浩二に真上からキスされると、爪先立《つまさき》ちになっても首が痛い。耐える限界が近くなった頃、くちびるが離れた。真幸は湿った息を吐き出し、無意識に追った。

「待っとったんは、身体だけなんか」

浩二の親指がくちびるを撫でた。

そのまま下の歯列をなぞられる。真幸はうっとりとまぶたを伏せて、痺《しび》れるほど低い声に聞き惚《ほ》れた。

「俺が来ぅへんときはどないしとんねん。まさか、三笠《みかさ》のアホと乳繰りあってんのちゃうやろな」

真幸のお目付け役になった舎弟だ。

「なにを言うんですか……。一日に一度は店の前を通りますけど、それだけでほかには連絡もありません」

真幸の日常に干渉しないように彼なりに気を使っているのだろう。でも、ちょっとしたストーカーだ。

三笠との仲を勘ぐられたことにはさすがにあきれて、肩で息をつきながら浩二の腕を逃れる。真幸にとっては浩二しか『男』じゃない。

さびしくても、ほかのだれかで代用しようなんて考えもしなかった。

「こんなくだらない仕事を押しつけられている彼がかわいそうですよ。もうそろそろ、大阪へ戻したらどうですか」

「おまえ……」

大げさなため息をついた浩二が額を押さえる。部屋の隅に置かれた小型の冷蔵庫を開いた。缶ビールを取り出して、プルトップを押しあげる。

「それはそうと、美園《みその》さん」

流し込むような、威勢のいい飲みっぷりに圧倒されかけ、気を取り直そうと声をかけた。

「『取引』がないのは、どうしてですか。例の件は済んだと三笠さんに聞きました」

美園を陥れようとした伊藤《いとう》が、密売ルートの可能性を警察に密告した件だ。なにの密売かも知らなかっただろう男は、もうこの世にいない。それも三笠が教えてくれた。

遺体は山に埋められたか、海に捨てられたか。もう跡形もないかもしれない。

真幸の問いかけを聞いた浩二は、

「はぁ？」

ビールを口から離して眉をひそめた。その鬼のような表情に、真幸は慌てて首を振る。

「僕から連絡を取ったのは一度だけです。会って話したわけでもありません。……でも、美園さんは二ヶ月に一度はこっちへ来ているのに、僕は、その、ホテルへ呼ばれるばかりで」

いつもなら、店にまず来ていた。

それがないのは、彼がここに足を運ぶ必要を感じていないか、運ぶことができないかのどちらかだ。

「俺はもう犯罪の片棒を担がんでええって言うたよな？」

「え？」

真幸は思わず首を傾《かし》げた。

半年前に交わした会話のことだと察しはつく。

「花屋を続けてもいいって、言いましたよね？」

しばらくすれば取引が再開されると思っていたのに、密売ルートは本当に閉じてしまったらしい。

「続けろって言うたんは『花屋』や」

浩二の答えに、真幸は混乱する。

テーブルの天板に腰を預けた浩二が、あからさまなため息をついた。両手で缶ビールを持ち、足の間で揺らした。

「真幸」

不満げな鋭い声で呼ばれ、ビリッと痺れるような震えが背筋に走る。

「吹けば飛ぶような組でもな、ヤクザの若頭は忙しいんや。知ってるか？　例の件もあったから、向こうがえらいゴタついたんは、三笠に聞いてるやろ。そんな中で都合をつけるんが、どんくらい大変か、わかってんのか」

睨《にら》みつけられて息が止まりそうになった。目をそらすこともできず、真幸はくちびるを噛む。

「わかってへんねんな……。そうやろッ！」

舌打ちした浩二が叫んだ。立ちあがり、缶ビールを飲み切る。

真幸は呆然《ぼうぜん》とした。相手を怒らせてしまった恐怖心で固まり、なにが彼の逆鱗《げきりん》に触れたのか、一生懸命考えてみる。

「おまえに惚れてるって、言うたよな。俺は」

尊大な態度で見下ろされる。

「は、はい……」

うなずいたのは条件反射だ。言われた言葉の半分も理解していなかった。

「その意味、おまえ、わかってんのか？」

「……え？」

「『え？』やないぞッ！　なに、悠長な顔しとんねん！　あほんだらッ！」

「……だから……ッ」

浩二の機嫌を損ねることだけが、ただただ恐ろしくて、真幸は必死で言葉を探した。

「伊藤のところへ帰るぐらいなら、あなたのそばで役に立たせてもらえるということで……。伊藤はもう、あれだし……」

「……」

「僕のッ、僕の、ことを……そう表現するぐらいには気に入っていると……」

「あぁッ？　おまえなぁッ！」

浩二の額に青筋が浮きあがる。真幸が立っているのとは逆の壁に向かって缶を投げつけた浩二が、振り向きざまにテーブルの端を蹴《け》りつけた。

激しい衝撃で床がきしみ、テーブルの上に載せてあったものが向こう側へ滑り落ちる。

コーヒーカップが鈍い音を立てて転がり、残っていた中身が床へこぼれた。

「全然ッ、わかってへんやないか！」

「い、意味が……」

「意味がわからんのは、こっちの方や。いちびっとんのか！」

ふざけているのかと関西弁で怒鳴られて、真幸は硬直したままで小さく首を震わせた。

「そんなアホな意味で『惚れてる』なんて言い回し、俺が使うと思ってんのか」

その通りだ。好きでも愛しているでもない。惚れるという言葉の持つ独特の感触を真幸は思い出した。

「俺の半年はなんやねん、おまえ」

「……」

「なんか言えや」

「……なにを、言えば……」

真幸は怯《おび》えながら視線をさまよわせた。浩二は床を踏み鳴らし、大股に近づいてくる。

「二ヶ月にいっぺん、会いに来てやったやろ。伊藤のことがあったしな。おまえが妙な落ち込み方をせんかと……、俺なりに考えたつもりや」

スラックスのポケットに両手を突っ込んだ浩二が腰を屈《かが》める。

確かに二ヶ月に一度、浩二は上京した。半年前の雨の日から、今日を除いて過去に二回だ。

一度は横浜のラブホテルへ行き、もう一度は都内のホテルへ呼び出され、部屋に閉じ込められた。事実上の軟禁だ。

浩二が仕事で出かける以外は、朝も夜も関係なく身体を開かれ、回数を重ねると行為は甘く爛《ただ》れた。立ちあがれないほど濃厚に犯されたあとの二ヶ月はいつもの何倍もつらくなった。会えない間に何度もかかってきた電話も、真幸のさびしさに拍車をかけた。

求められているという幻想は、まるで中毒性の高い麻薬だ。期待して、次を待ってしまう。

「くそっ！」

真幸の目を覗き込んだ浩二がうめく。

乱暴に襟を摑まれ、力任せに押される。

よろめきながらテーブルにぶつかった真幸の肩に、力強い指が食い込んだ。向き合う形になる。浩二の片膝《かたひざ》が、すかさず真幸の膝の間に入ってきた。

「このド淫乱《いんらん》がッ」

腰を抱かれながら罵声《ばせい》を浴びせられて、身の置き場がなくなる。うつむいた顔を、指で持ちあげられた。

「淫乱すぎて、ほんまに騙《だま》された。感じとったやないか。ベッドの上で、俺に抱かれて」

「……それは」

当たり前のことだ。

どんなふうに犯されても、相手が浩二なら感じないことはなかった。その上に、トロトロになるまで愛撫《あいぶ》されて、甘い言葉をささやかれ、乱れるなという方が無理だ。

「しょうもないな」

吐き出すような一言に、真幸はビクッと肩を揺らした。視線ですがりながら、言葉を探す。

「そういう目をすんなよ」

眉をひそめた浩二の声に、真幸はやるせなさを隠してうつむいた。

これきり捨てられるという恐怖心が湧《わ》き起こり、指が凍えるように冷たくなった。実際に色がなくなり、動かすことさえ難しくなる。

「頭が悪い言うても、限度があるで。そやろ、真幸」

「……」

「会うたびに『美園さん』に戻ってるしな。そのくせ、イキまくってドロドロになったら、『浩二さん』って連発して、こっちをその気にさせる。なんやねん。なんかの作戦か？　それとも、仕返しなんか？」

「なにを」

「俺がなにを言うてるか、よぅ考えろや。……考えてくれや」

「無理です」

間髪入れずに答える。浩二が驚いたように目を見開いた。

「僕の頭の中は欲ばかりで、使いものになりませんから」

臆《おく》せずにはっきりと言った。考えたって無駄なことだ。

人はかならず夢を見る。小さいか大きいかの違いしかない。

自分の都合のいい答えを信じ、それを得るまで問い続けてしまう。

「おまえの『欲』ってなんや」

「……あなたが欲しいと……そればかりで……」

「ええやないか。なんか問題あんのか」

「あぁいう抱かれ方をしたら、二ヶ月が長くて、いままではもっと会えなかったこともあったから……それが、怖くて」

「俺がもう来うへんようになるのがこわいから、また仕事を回せって言うてんのか。電話じゃ、あかんかったんか……」

浩二の言う通りだ。どんな犯され方をするよりも、電話をくれるよりも、彼に命じられて犯罪に手を染める方が必要とされている実感がある。

「いつもなら、まずここへ来てたじゃないですか」

変化も、真幸には怖かった。

「ここは落ち着かんし、どうやっても性急になるやろ……。ホテルに呼んでも、一発目は我慢効かんしな。こっちだって、おまえがいつ音をあげるか、って……」

「それなら、上に部屋だって……」

浩二の話を最後まで聞かずに言うと、

「この家で抱かれたかったんか」

男の太い眉が動いた。

「……どうして、上を使わないんですか」

三年間関係してきたが、この家ではいつも、事務所のテーブルがベッド代わりだった。後ろから貫かれるときもあれば、仰向けに転がされて腰を引き寄せられることもある。共通しているのは優しさというものが欠如していることだけだ。

柔らかな布団へ移動するのも億劫《おっくう》がるのは、それがセックスではないからだと、真幸は思ってきた。

「おまえみたいなアホに説明すんのは、無理やな」

疲れた顔で治二が上半身を寄せてくる。真幸は両手で胸板を支えた。

その手首を摑んだ男はにやりと笑う。

「さびしがりなんを知ってるから、二ヶ月開けんと来てんのや。俺も我慢してるんや。わかってるか？」

くちびるを真幸の手に押し当て、べろりと肌を舐めあげる。

「この前のときは、だいぶ慣れた感じですがってきたし、おまえは女やないし、仕事もさせたらなあかんと思ってきた。それでもなぁ……。そろそろ、おまえの方から大阪出てくるんやないかと期待してたんやけどな。おまえ、なにのために三笠を置いたと思ってるんや。会いたい言うたら、すぐにでも新幹線に乗せるためやぞ」

「……ん、ふっ」

舌がちろちろと動きながら、指の間を舐める。それから一本ずつ指を吸われ、真幸は息を震わせた。

「あっ……」

まるで擬似フェラチオのように、くちびるで指をしごかれ舌が絡む。

「美園、さん……ッ」

「ん？」

眼光の鋭いまなざしで見あげられ、思わず目を閉じて腰を引いた。

「苦しいんか」

真幸のそこはもう、チノパンの前をくっきりと押しあげている。

男の引き締まった太ももが股間《こかん》に当たり、ファスナーの金属がこすれるだけで先走りが溢《あふ》れてくる気がした。たまらずに片手でそこを隠す。

「目が潤んで、エロいな」

「あっ！」

浩二の手が真幸の指ごと股間を揉《も》んだ。引いた腰はテーブルの端に当たっていて、もう逃げ場はない。

「無理して来た甲斐《かい》があるで。待つんが男気やなんて気でおったら、また余計な勘違いされるところや。電話で声を聞くたび、俺がどないな気持ちになったか。考えてもみぃひんか？」

舌がくちびるを舐める。真幸は股間を揉まれながら短い呼吸を繰り返した。

「俺が来うへんと、おまえの身体は夜泣きするんやろ？　俺の身体がどないなってるか、おまえは考えへんのやな。それとも、女でも抱いて処理してると思ってんのか」

「……あっ、あぁっ」

チノパンの前をくつろげ、浩二はおもむろに両手を腰の後ろに回した。下着の中へ突っ込まれる。

「んっ……」

尻《しり》の肉をひとしきり揉みしだかれ、下着ごと引きさげられた。

「そういうところが、鬱陶《うっとう》しいな。おまえは」

太ももの半分までずり下がった下着とチノパンを、浩二が足で踏みおろす。

「好きや、惚れてる。そう言うても信用せんのやろ。そりゃあな、おまえの想像してる通り、ほかを抱くこともある。なんせ、ほんまに欲しい相手は待ってるだけやからなぁ」

真幸は困惑して視線を揺らした。

なにが悪いのか、わからなかった。

こちらから連絡を取ることは、三年間、許されなかった。いきなり、それをしなかったと責められても、戸惑うしかない。

「なぁ、真幸。考えてみろや。だれを犯《や》っても俺はおまえを考えとんのやで。女のアソコに突っ込みながら、おまえのケツのことばっかり考えてる」

言いながら尻を揉まれ、真幸はふいごのように息をして、目の前の肩へと遠慮がちに指をすがらせた。

身体の隅々にまで痺れが走り、肌がジンジンと燃えるように熱くなる。

「しまいには、女のケツにぶち込む重症や」

手が肉を左右に摑み分け、指がそこを探った。

「そやけど、男はやめといたで」

指先でツンツンとノックされて、真幸は身を揉んだ。じれったい感覚に頭の芯が蕩《とろ》けていく。

「おまえの代わりに男を抱いてもつまらんからな。……なんや、もう達《い》ったような顔してんな。……淫乱……」

低い声が甘く卑猥《ひわい》にささやく。

「あなたが……、いやらしいから……」

「そっちがエロいんやろ。人のせいにすんな」

「……して、ください」

「なにをや」

意地悪く、浩二がくちびるの端を曲げた。

「犯して、ください」

「『抱いてください』ぐらい、言えへんのか。ムードもへったくれもない。だいたい、なんで怒らへんのや。ほかの女の話してんねんぞ」

あきれた声でからかわれ、浩二にくちびるを吸われる。真幸は腕を首へと絡めた。背中に手が回り、抱き寄せられる。

「上等や、真幸。素直に抱きつかれんのも、そそられんで」

「上で、抱いてください」

願い出る声が震えた。首へと巻きつけた手も、力を入れることができずに中途半端だ。

「なんでこだわるんや」

「……僕の生活に、足跡を残さないように、されてる気がして……」

つらいのかさびしいのかはわからない。ただ、かりそめの宿に過ぎないはずの家に愛着が湧けば湧くほど、立ち入ってもらえない物悲しさを覚えてしまう。

自分以外のだれも入らない場所は、まるで心の中のようだ。

「おまえの唯一の、プライベートやろ」

短く息を吐き出すように浩二が笑った。

「なんや」

見あげた真幸に向かって、意地悪くくちびるを歪《ゆが》める。

「そんなことを」

「考えてたんや」

浩二の手が真幸の頬を撫でる。

「おまえはアホやから忘れてるやろうけど、雨風がしのげる上に、清潔なベッドがあるなんて贅沢《ぜいたく》すぎるって言うたやろ。なんや不憫《ふびん》でな。おまえだけの城なら、俺が踏みにじるのもどうかと……まぁ、そんなところや」

「僕は、入って欲しかったんです」

うつむいて真幸はぼそぼそと言った。

「あなたには、入って欲しかった。たとえ土足でも、部屋でひどい扱いを受けたとしても、それが美園さんなら……」

「顔、あげろ」

冷たい声に命令される。真幸は従って顔をあげた。

「俺は乱暴なだけの男やない」

そう言ったそばから、浩二の瞳《ひとみ》は嵐《あらし》のように激しく真幸の心を掻《か》き乱す。

「おまえを仕込むんは正直、想像以上に疲れるで。そやけど、悪くはない」

言葉と同時に抱きあげられる。

「あ、歩け、ます」

「騒ぐと頭から落ちる。よぅ摑まっとけ」

肩に担がれ、むき出しの尻を撫で回された上にパチンと叩《たた》かれた。

真幸がこの家に入る以前に訪れたことがあるのだろう。迷いもせずに裏の玄関で靴を脱ぎ、階段をあがって寝室へ向かう。

セミダブルのベッドに投げ出され、体勢を整えようとした足から靴をもぎ取られる。それから、足首あたりで丸まったチノパンと下着も奪われた。

「引きちぎりそうやから、上は自分で脱げや」

ベッドに片膝をついたまま、浩二が自分の服を脱いだ。見るからに高級そうなジャケットが乱暴に床へ落ちる。

「ハンガーぐらいありますから」

「アホかッ！」

ベッドから下りた身体を引き戻された。ネクタイを左右に引っ張りながらはずし、浩二がのしかかってくる。

脱ぎそびれた服の上から肩を押され、痛みに眉をひそめた顔へ影が差した。くちびるが重なり、舌が性急に中へと滑り込む。

「んんっ……ふぅッ……ん」

「ほんまもんのアホにはハッキリ言わな、しゃあないな。ちゃんと聞けよ。今日はこのためだけに来とるんや。最終の新幹線に乗らなアカン」

浩二はキスの片手間に話し、ワイシャツのボタンをはずす。

「時間なんか、あるようでない。俺と何発ヤリたい？」

男らしい黒々とした眉を跳ねあげ、意気揚々と真幸の顔を覗いて笑う。

手はすでに動き始め、ポロシャツの裾《すそ》がまくりあげられた。腹を撫で回される。

「こ、このためだけって……あっ！」

両方の乳首を指に挟まれて、真幸は鋭い痛みに顔を歪める。

痺れに似た熱い快感へと移り変わり、真幸は手の甲をくちびるに押し当ててやり過ごした。

「うっ……んっふ……」

「また余計なことに気ぃ回してるやろ？　ったく、アホはアホらしゅう、言葉のまんま取っとけや」

「あ、あっ……」

「えらい敏感やな」

「いっ、や……」

真幸は首を左右に振った。見あげた先の浩二の向こうに、住み慣れた家の天井があるのは違和感だ。

それが感情をあきらかに昂《たか》ぶらせていた。

こんなに感じてしまうなんて、自分では想像もしなかった。

「自分のベッドで抱かれると思うと、興奮するんか？　どうしようもないヤツやな。この部屋にローションはあるか」

「そ、そこに」

真幸はサイドテーブルを指さした。

「なんでここにあるねん。やっぱり、だれか連れ込んでるやろ」

下着ごとスラックスを脱いだ浩二の目が、ギラリと光る。真幸は上半身を起こして首を振った。

「ち、違っ……。それは」

言い淀《よど》んでうつむいた。恥ずかしくてたまらない。

「なんやねん。言われへんのか」

「……じ、自分で」

「はぁ？」

凄《すご》んだ浩二の声に、真幸は小さく飛びあがる。

「指の一本や二本、普通に入るやろ」

ひどい言われようだが、その通りだ。それぐらいの自慰では潤滑油を必要とはしない。

「……指やないもん、入れてんのか」

静かな男の問いかけに、真幸は息を呑んだ。サイドテーブルの引き出しを順番に開けた浩二が、そこにはなにもないことを確かめる。

それであきらめないのは、彼の性格なのか、仕事柄なのか……。最下段の引き出しの下にある空間へ手を入れて探る。箱が引き出された。

「いつからや」

浩二が手にすると卑猥さが増した。

彼のモチモノよりは二回りほど細いが、それでも市販のものの中では大きいサイズだ。

黒い棒状の物体を直視できず、真幸はいたたまれない気持ちでシーツを握りしめた。

「けっこうな太さの張り形やないか、真幸。いつ買《こ》うた」

「わ、忘れたんですか……あなたが、二年前に……」

黒いバイブを弄《もてあそ》ぶ浩二を見あげた。

そういう人だ。自分のしたことなんてすっかり忘れている。

二年前、真幸はこの極太のバイブで犯された。

身体に収めたまま街の中を連れ回された挙句、事務所のテーブルの上で這《は》いつくばった格好を強要され、浩二は開ききったそこを眺めて嘲笑《ちょうしょう》したのだ。

「もう、いいでしょう……ッ！」

叫びながら取り戻して、真幸は背中に隠した。くちびるをわななと震わせて、浩二を睨みつける。

「それ。使ってんのか」

「僕の、勝手やろ」

真幸のくちびるからこぼれた関西弁に、浩二が目を細めた。

「あんたの言う通り、淫売《いんばい》の身体やねんから、そうでもせんとやりきれんことだってあるッ！」

「後ろに挿《い》れな、気が済まんぐらいか」

浩二がベッドに膝を乗せた。スプリングが沈む。

「い、言わせたいんやろ」

「なにをや」

獣のように四つ這いで近づいてくる浩二の手が膝を掴んだ。顔が至近距離まで近づき、真幸は後ずさりながら顔を背ける。

「……あんたがくれたもんやから……」

「俺やと思って、相手をさせるんか」

「相手やなんて……」

壁際に置かれたベッドの端に達していた。背中は壁に押し当たり、もう逃げられない。

「久しぶりに、挿れてるとこ、見せてくれや」

男がいやらしくニヤリと笑う。

見つけられたときから言われると思っていた。抵抗しても無駄だと真幸はあきらめる。この男には逆らえない。

そして、それ以上に、ずっとこの瞬間を想像していた。

このベッドの上で、このバイブを使って犯される。その妄想をしながら、自分を何回慰めたかわからない。

真幸の戸惑いの奥底を知りもしない浩二は、一度離れた。ライティングデスクのイスを引きずって戻ってくる。片足をベッドに乗せてどかりと座った。

「こんなものを、見に来たんですか」

ベッドに転がったローションを引き寄せて、真幸は肩を落とした。言葉が自然と元に戻る。

「当たり前や。おまえのエロいところなら、なんでもええ。生身のな」

「映像なら持っているような言い方……っ……」

息を吸い込んで、真幸は目を見開いた。

「ないとは言わん。ええから、早よせぇや。時間がないって言ってるやろ」

「映像って……、そんな」

「うるさいな。俺が楽しむためのもんや。ええやろ。減るもんでもない」

「そういう問題じゃ……、い、いつ」

「見たければ見せてやるけどなぁ。また怒って、関西弁で怒鳴り散らかす思うと、気ぃ重いわ」

軽い口調でうそぶいて、浩二は肩を揺すった。

「大阪へ見に来いや。俺に抱かれて泣くおまえの声を聞きながらヤるんも、それはそれでええやろ」

「いいわけ、ないでしょう」

視線を落とし、指先にローションを垂らした。浩二に背を向けて、膝立ちになる。

片方の手で尻の肉を分け、後ろ手に指を這わせる。中指はすぐに入り込んだ。

今夜来るとは知らず、真幸は昨晩これを使ったばかりだった。同じような体勢で膝立ちになり、自分の指で後ろをほぐした。

違っていたのは、部屋のあかりが落ちていたことだけだ。

「んっ……はっ……」

指を二本に増やすと、ローションが絡んで濡れた音がする。ちゅぷちゅぷといやらしい音が小さく響き、真幸は後ろに突き出した腰を震わせた。

浩二に見られている。そう思うと、身体は熱く火照《ほて》り出す。

「あ、あかりを……暗く……」

「なんでや」

「は、恥ずかしいんです……ッ」

壁に片手をすがらせたまま、真幸は懇願した。話すたびに後ろの肉が指を食《は》む。

ぎゅっと締まって狭くなると、思わず内壁を掻いてしまう。

指での前戯の段階が済んだソコは、いつもの習性で、もっと自由に奥を動き回るモノを求め出した。

触ってもいない性器が膨らんでいるのは、前立腺《ぜんりつせん》を刺激したからじゃない。身体がひとり遊びの快楽を覚えているせいだ。

「もたもたせんと入れろや」

命令されて、手にしたバイブにもローションを絡める。それから枕《まくら》へ上半身を預けた。

黒く卑猥な形を、軽く開いた足の間に持っていく。

「それで入るんか、真幸。足開かな、無理やろ」

ぐずぐずしていると、浩二の足に膝を蹴られた。

片膝だけを立てた姿勢になり、まごついていた真幸はまぶたを強く閉じた。

上半身を屈めて丸くなる。あてがったバイブを埋めるために手を前後に動かした。それを見られているのが一番恥ずかしく、燃えるように熱くなる頬を枕に押し当てて耐えた。

「んっ……ん、ふぅッ……ん、ん」

いつものようスムーズに入らないのは、羞恥《しゅうち》で後ろが狭く締まっているからだ。ほぐしても緊張ですぐに閉じてしまう。

「あっ……はっ、ぁ……」

皮肉にもそれが反対の快感を生んでいた。いつもとは違う圧迫感に内壁を犯され、こらえた息がなおさらいやらしい気分だ。

シリコンゴムを纏《まと》ったバイブをゆっくりと埋めながら、真幸は伏せていた視線をわずかにあげた。崩した姿勢でイスに座る男を盗み見る。

浩二の鋭いまなざしは真幸の身体に注がれていた。

視姦《しかん》されていると思い、真幸は知らず知らずのうちに生唾《なまつば》を飲み込んだ。

浩二の投げ出した足の間にあるイチモツが、反り返るように勃起《ぼっき》している。胸の奥が疼《うず》き、淫《みだ》らな肉欲が神経を駆け巡った。

「んっ、く……」

深々と差し込んだバイブを引き抜いて押し込む。肉が引きつれるたびに淫蕩《いんとう》な感覚が生まれ、めまいがした。肌に汗が滲《にじ》む。

「あっ、あ……はぁっ……ぁ」

「いつもは俺のこと想像してやってんのやろ。そんな年寄り臭い動きすんなや」

浩二が笑いながら囃《はや》し立てる。真幸は唇を噛んだ。

確かにその通りだった。昨日の夜、この場所で自慰に及んだときも、こんなに緩やかにはしなかった。乱暴に掘り込むような強いストロークが、浩二の動きだから。

苦しいほどに動かせば、荒々しい息遣いさえ思い出して、真幸は射精まで何度も快感に溺《おぼ》れる。

でも、ここでその痴態をさらすのは苦痛でしかない。

どんなことをされても浩二なら許せてしまうのと同時に、どんなことでも相手が浩二だと恥ずかしくなる。

性処理道具として人格さえないように扱われても、心を捨てることは最後までできなかった。自分は人間だと、そのたびに実感してきたのだ。

真幸は目を閉じて、手を動かした。無機質なシリコンゴムの張り形を激しく動かすと、快感と羞恥がない交ぜになってまぶたの裏が熱くなる。

「あ、あぁっ……あっ」

緊張した足の爪先が、シーツの上を滑った。片方の手で、立ちあがっている自分のモノを摑んだ。ビクビクと腰が揺れ、喘《あえ》ぎをこらえることも苦しくなる。

「待てや。おまえ、イクつもりちゃうやろな」

人肌の熱さを膝に感じて顔をあげると、いつのまにか足の間に浩二がいた。

「こんなもんでイかせるか。なんのために来たと思てんのや」

「あっっ、やッ……！」

身体の奥まで埋まった長いバイブが一息に引き出され、真幸は身体をくねらせた。もう少しで得られるはずだった絶頂の機会も奪われ、激しい焦燥感に苛《さいな》まれる。

「こんな細いもんで、満足するわけやないやろ」

「あ、あぁッ！」

浩二は身勝手だ。自分がして見せろと言ったことなど忘れたかのように真幸を責める。

膝の裏を手のひらで持ちあげられ、両足を大きく左右に割られる。

バイブの硬さなんて比べものにならない大きな亀頭が、異物を引き抜かれたばかりの入り口に押し当たった。息を合わせる間もなく、ぐりっと押し込まれる。

「い、いやっ……、あ、あぁ、んッ！」

焼けた鉄の棒のように熱い硬さで貫かれ、跳ねあがる腰を両手で摑まれた。引き寄せられる。

「ん、んっ……はぁっ、はッ……」

「まだ半分も埋まらん」

そう言った浩二に手を摑まれ、繫《つな》がっている部分を触る。浩二のモノは脈打つように張り詰めた。

真幸は怯えて指を引く。イヤイヤをする子供のように首を振った。

「そんなのッ……や、やめ……ッ」

無理に押し込まれて裂けたことは一度や二度じゃない。真幸が流血しても、それで滑りがよくなれば平気で続けるのが浩二だ。

いままでのことを思い出して血の気が引いた。

「このままヤるとは言うてへんやろ」

取り乱しかけた顔を、男の大きな手で押さえつけられる。

「くそっ、ここまで萎《な》えやがって」

忌々しそうに口にした浩二が乱暴に真幸の股間を摑んだ。

「……っ……」

痛みに顔をしかめた瞬間に解放される。

「どうやったら、手っ取り早く勃《た》つんや」

横柄に尋ねてくる浩二は答えを知っているはずだ。待ちきれないように、柔らかな袋を手のひらで弄ばれる。

真幸には相手の考えが読めなかった。なにを言わせたいのか、必死に考えながら浩二を見つめた。

このまま乱暴に犯されることよりも、興を削《そ》いで離れられることの方がこわい。すがりつきたい気持ちとは裏腹に、枕へ頬をこすりつけながら目を伏せる。

「言えや」

「……」

下半身を貫く浩二は、半分しか埋まっていなくてもじゅうぶんな圧迫感だ。息をするだけでお互いの肉が絡み合うような刺激がある。

「な、なにを……」

「そやから、おまえがなにをしたら感じるか、教えろ言うてんのやろ？」

ざらついた声が、耳元をなぶる。真幸は肩を何度か大きく震わせた。

「そんなこと、いまさら……」

動いて欲しくて身体が焦《じ》れ始める。耳元にかかる息さえ愛撫のように肌を撫で、真幸は自分の股間が意思とは別に膨らむのを感じて泣きたくなった。

身体は正直だ。そして、いつも真幸を裏切る。

大きく息を吸い込んで、視線を静かに浩二へ向けた。

「キスして、ください……」

恥ずかしさに身悶《みもだ》えたいのを必死でこらえる。

「どこにや」

「もうっ……いやや」

「こっち向けや。したるから」

「いやっ……」

身をよじって顔を背ける。肩を摑まれ、身体を開かれた。それでも逃げようとした顔を追ってきた男のくちびるが肌へ押し当たる。

「うっ……」

「ここや、ないやろ？」

耳の下から頰へと移動する。くちびるの端にキスされた。

「こ、こんなん……なにが、楽しくて」

「楽しいに決まってるやろ」

舌先で真幸の唇を舐めた浩二が笑う。柔らかな笑い声を聞くのは初めてだった。人を小馬鹿にする嘲笑とは違う。

「おまえは知らんやろうけど、惚れた同士はこうやってふざけあうもんや」

「あ、あんただけやろ。楽しいんは……ッ」

「そうか？　おまえだって、関西弁が出るぐらいには楽しんどるやろ」

「……これはそういう……」

「元に戻さんでええ。俺はおまえの言葉が好きや。こっちやと、俺のことも平気で罵《のの》りよるしなぁ」

「……」

引き結んだくちびるをほどき、真幸は息を緩やかに吐き出した。まだ浩二の顔が間近にある。少しでも動けば、くちびるが触れ合う距離だ。

そう思うと、逞《たくま》しい男の象徴を受け入れている場所がまた狭くなり、意図せず相手を絞めてしまう。お互いのどちらかが呼吸するだけでかすかにこすれ、熱い身体が焦れて動きそうになるのを真幸は必死でこらえた。

「惚れてるって言葉も理解でけへんくせに、プライベートを踏み荒らせって言うたり、遊びで使ったバイブを後生大事に持ってたりするんやな。そういうんを、ヘンタイっていうんやろうな。違うか?」

胸を重ね、顔を突き合わせた状態で、浩二がゆらりと腰を揺する。

真幸は息を呑んで背筋を反らした。浩二の重みで身体は思うように動かない。

「もっ……やっ……」

小さな声が震える。シーツを摑もうとした指で、そこにあった浩二の手を握りしめてしまう。

強くて大きな波に意識がさらわれそうになる瀬戸際だ。気づいても離すことができなかった。

いつのまにか痛いほど前が立ちあがっていて、浩二が揺れると、引き締まった腹にこすれる。たまらない気持ちで、しゃくりあげるように息をした。まぶたを強く閉じても、やり過ごすことなんてもう不可能だ。

「あ、アァッ……！」

ふたりの間に差し込まれた浩二の手に乳首をつねられ、こらえていた快感が限界を超えた。

腰をよじりながら、真幸はうねるように出口を求める情欲に身を任せた。ひとり勝手に射精すると、放った精液が浩二と真幸の両方の肌を濡らす。

「はっ……、はぁっ、はッ……ぁ」

気づけば、涙で滲んだ視線の先で互いの指が絡んでいた。

真幸だけがしがみついているのではなく、それに応《こた》えるような浩二の指もしっかりと力強い。

乱れた息を整えながらこぼした涙が枕カバーに染みていく。

真幸が手を開いて力を抜いても、浩二の指は離れなかった。

「……美園さん……」

「あぁん？」

深い息を肩で繰り返す浩二は、眉根を引き絞った顔で睨むように視線を向けてきた。本人にそのつもりがなくても、眼光の鋭さは迫力がある。苦み走った男の色気を放っていた。

「……楽しいんですね……」

「はぁ？　なんの話や」

「こうしていて、あなたは楽しいんですね？」

「……」

無言のまま、浩二が腰を引いた。もう一度、深く穿《うが》たれる。

真幸は眉をひそめて息を吸い込んだ。

話をごまかそうとするかのような行為を責めて、相手を見つめる。浩二は想像に反して笑っていた。

「こっちはまだイッてへんのやぞ。加減せぇや。二ヶ月分、楽しませてもらわな損やからな」

「……はい」

もうなにも言うことはなかった。

真幸が放ったものを拭《ぬぐ》いもせず、浩二が激しく動き出す。ずりゅっと中で肉が引きつれ、奥を突かれて痺れが走る。肌が熱さを増し、汗が滲んでいく。

「あっ……、あっ……！」

苦しかった。太いバイブで慣らした後でも、それが浩二だと思うだけで身体は相手を欲しがって絡みつき、なおも狭くなる。そのくせに、中は柔軟にほぐれていて、奥へ奥へと昂ぶりを飲み込む。

荒い息をつく浩二は時折うめくような声を出しながら、真幸の腰を激しく蹂躙《じゅうりん》した。自分に向かってささやかれた言葉を思い出し、真幸はまた現実感を失くして身悶える。

『惚れてる』とか『好き』だとか、甘い言葉は麻薬のように心を痺れさせる。でも、一過性のものだ。

行為が終われば、それが単なる決まり文句なんだと真幸は自分に言い聞かせた。

三年経って、少しだけ報われただけなんだと……。

口先だけの優しさを与えられる存在になれたことに、この半年は素直に喜びを覚えてきた。けれど、浩二は『楽しい』のだと言う。いままでろくに会話もしなかったのに、さっきのようなやりとりを楽しいと感じているらしい。

「おい、集中せいや。わかってんねんぞ」

髪を鷲摑《わしづか》みにされた。顔をあげると、目が合う。

「……美園さんのことを……あっ、あ！　そこっ……」

「ええやろ？　ゴリゴリ当たって、ええ気持ちやろ？」

「あっ！　あっ！」

「俺も気持ちがええ。奥まで締まって、突っ込み甲斐のあるええ肉や」

突然、嚙みつかれた。実際はキスだ。乱暴にくちびるが重なり、舌で歯列をなぞられる。

荒々しくされて息もままならない。真幸は声を引きつらせながら酸素を求めて喘ぐ。

「俺のことなんか、考えんな。どうせ、ろくなことやないやろ。それより、こっちに集中せぇよ。エロい泣き声が足りてへん」

「……ひっ、ぁ……ふっ……」

浩二はリズミカルに腰を使う。翻弄《ほんろう》された真幸は無意識に足を大きく開いた。

身体はもっと奥まで欲しがっている。

太い杭《くい》にかき混ぜられ、何度も何度も突きあげられた。ストロークの強さに、声をこらえるのもつらくなる。

息を吐き出し、声をあげた。全身の力を抜いてもまだ、浩二の動きについていけない。

真幸は快楽に翻弄されながら、腰を摑んでいる浩二の指に触れた。

「気持ちええか……」

息を乱しているのは彼も同じだ。真幸は素直にうなずく。

「……いいっ……」

声に出して訴えると、身体を激しく揺さぶられる。

「んっ、ん……」

「イクぞ」

浩二が声をひそめた。

最後は駆けあがるようなスピードだった。目の前が真っ白になり、暗転して、また引き戻される。

太い肉棒の動く音と、互いの肌がぶつかり合う音が部屋にこだました。

「あぁっ！　あぁっ！」

身体の間に押し挟まれた真幸の性器もいつのまにか再び反り返り、互いの動きにしごかれて濡れそぼる。

達する瞬間、浩二にのけぞった顎先を押さえつけられた。開いた口に、とろりとした一塊の雫《しずく》が落ちる。

「あ、あぁんッ……んんっ」

それが唾液《だえき》だと気づく前に嚥下《えんか》した。

絶頂を飛び越えた身体はびくびくと震える。真幸の身体の中で吐精した浩二もあとを引く唸《うな》り声を振り絞った。

長い射精で大量の精液を注ぎ込まれ、真幸は狂おしさに耐え切れず、のしかかってくる胸を押し返した。

熱いほとばしりが下腹部を駆け巡るようで、また淫蕩な炎が燃えそうになる。

淫乱なのは事実だ。でも、ほかのだれかではこうならない。相手が浩二であるというそれだけで、真幸は何度でも欲しくなる。

触られたら挿れて欲しくなり、挿れられたら出して欲しくなる。そして出されたあとは、また突きあげられたくなる。

「まだ欲しいんか」

浩二は男っぽさの溢れる顔で笑った。

嘲《あざけ》るようでいて、どこか温かみのある表情に、真幸は腰を自分から動かした。すりつけるように回す。

「……ください」

ささやきは熱っぽさで濡れて、自分で聞いてもいやらしい。

浩二が満足そうに鼻を鳴らし、真幸の身体を横臥《おうが》の体勢に変える。片足を摑まれた。

射精したばかりでも太さのある浩二のモノは、しばらく揺れているだけで硬さを取り戻し始め、内側からぐんぐんと真幸の肉を押し開いていく。

「あっ、くっ……」

真幸はのけぞって自分の身体へ両手を回した。熱が身体中で暴れ回り、出口を求めて神経を昂ぶらせる。

拳《こぶし》を噛むと、浩二に引き剝《は》がされた。

「声を聞かせろ、言うてるやろ」

肌に残る歯型を指が撫でる。さりげなかった。でも、はっきりと優しい。

真幸はその手を胸に引き寄せた。

粗雑な行為に隠された優しさが胸に沁《し》みる。熱を帯びるのが触れられた場所なのか、心の奥なのか、わからない。

ただ、求め合うということがどういうことなのかを、ほんのかすかにだけ悟った気がした。


「このまま、俺と大阪へ来い。三日でも一週間でもいい」

抜かずに二回のセックス。それから体位を変えて、バックから一回。

真幸の身体を蹂躙し尽くした芯を引き抜き、浩二が戯れに背中へのしかかってくる。

「……無理です」

つぶされる前に這い出した。

「ビール」

声をかけられて、ふらつく足で部屋を出た。キッチンで身体の汚れを拭い、缶ビールと濡れタオルを持って戻る。

「なにが無理なんや」

身体を拭《ふ》こうとした真幸の手からタオルを奪った浩二は、腹部についた精液と性器だけをきれいにして、タオルを床に落とした。ビールを飲み始める。

「仕事があります」

「そんなもん、臨時休業でええやろ」

「……それは」

答えながら、時計を気にする。

もう時間が迫っていた。ビールを飲んですぐに出なければ、最終の新幹線に間に合わないはずだ。

「一緒に行って、どうするんですか」

真幸の問いかけに、缶ビールを口元に当てた浩二がにやりと笑った。

少年のようにいたずらっぽく輝く目は、よからぬことを考えている。

「ビール飲んで、お好み焼き食って、セックスする」

「そんな暇ないでしょう。若頭なんですから」

「わかってるなら、なおさら来んかい」

凄んだ浩二に手首を摑んで引き寄せられた。隣に無理やり座らされ、腰に腕が回る。

くちびるが首筋をなぞり、耳朶を噛む。

「んっ……」

「こんなセックスでまた二ヶ月も空けたら、おまえはすぐに忘れるやろ。俺がどんなに、おまえのことを考えてるか」

低い声が耳をなぶった。舌が穴に差し込まれる。真幸はくすぐったさに身をよじった。

「俺の言うことが少しでもわかったんやったら、来い」

「行かないと、言ったら？」

顔を伏せた頬に、浩二の手が伸びる。

あたたかさに思わず身を寄せると、指先が頬骨を撫でた。

「早々に店をつぶして、拉致《らち》るしかないよなぁ」

片手で缶ビールを揺らす。浩二が言うと本気に聞こえるから恐ろしい。

「どうするんや。荷造りするか？　別に手ぶらでもええで。買い揃《そろ》えたるからな」

「愛人契約みたいだ」

「そういう言い方がええなら、そう思っとけ。もうおまえにはいちいち訂正せんから」

「してくださいよ」

真幸はうつむいたままで静かに言った。

「間違っていたら、教えてください。そのたびに。……面倒でしょうけど」

「別に面倒やない」

「……求め合うということが、僕にはわからない。僕とあなたの気持ちが、同じだとも思えない。だから……」

「今回だけは、一緒に来い。これからはできる限り、こんな無理はさせんようにする」

懐柔するように近づいてくるくちびるを素直に受け入れて、真幸はかすかに笑った。

そんなことを言っても浩二のことだから、次もまた同じコトを言い出すだろう。求められている実感が心地よくて、きっと真幸も繰り返し許してしまう。

「明日、ちゃんと仕事の整理をつけて、追いかけます」

焦れた浩二が舌打ちした。真幸は小さな子どものわがままを見つめる気分になる。浩二がかわいいように思えて、胸の奥がほっこりとあたたまる。

「明日の朝一番で、仕事を調整して、あなたのところへ行きます」

「俺を焦らして、さぞかしええ気分やろうな」

「そんなわけないでしょう」

どんな仕返しが待っているか、考えるだけで恐ろしい。それでも真幸には考える時間が必要だった。

無理に身体へ教え込まれるよりも、摑んだ糸口の先を自分自身でたぐり寄せたい。たとえ、一進一退を繰り返すことになったとしてもだ。

「絶対に、来るんやろうな」

「裏切るような真似《まね》をするはずがないじゃないですか。でも、三日で帰してください」

「一週間」

「……あなたが与えてくれた、この仕事は僕の誇りです。むやみに奪わないでください。大切にしているんです」

浩二の眉がぴくりと跳ねた。

「あぁ、そうやな」

意地の悪いまなざしで見据えられる。

「俺がやったバイブを夜のお供にしてるぐらいやからなぁ」

「……それは」

言いかけてやめた。なにを言っても、恥ずかしいだけだ。

「もう、時間の限界やな」

浩二が立ちあがる。服を着るのを手伝うと、最後にジャケットのボタンを留めた浩二が、部屋を見回した。

「今夜はもう、ひとりですんなや」

「そんな体力ありません。このまま、寝ますから」

指の関節でそっと頬をなぞられて、真幸は目を閉じた。

くちびるが重なって、思わず驚きそうになる。そんなつもりじゃなかったのに、浩二は当たり前のようにキスをした。

「……アレンジメント」

せっかく作ったのだから持って帰って欲しい。

「明日持ってこい。絶対に」

さっきから浩二は『絶対に』を繰り返してばかりだと気づいて、真幸は目をしばたかせた。

『惚れた』も『好き』も信じている。だけど、もしかしたら、もっとうぬぼれてもいいんじゃないかと、ふいに得た閃き《ひらめ》に困惑してしまう。

いま、心から引き止めたいと真幸が思うように、浩二もどうしたって連れて帰りたいと思っているとしたら……。考えただけで真幸はせつなくなる。

だいそれた想像だ。もしそうならば、ついていかない自分を恩知らずだとも思う。

「浩二さん……」

震えながら呼びかける。声が喉《のど》で突っかかり、無様にかすれた。

「明日も……、抱いてください」

「当たり前や」

力強い男の声が答えた瞬間、突然に抱きしめられた。頬がスーツのジャケットに押し当たる。

こんな感覚は知らない。抱きしめられて息が止まる、このせつなさ。

「痛いです……」

「痛くしてんねや」

からかうような軽やかな声。子どもじみた物言い。

だけどだれよりも、真幸を包み込む男気溢れた力強さ。

わがままを許し、所有して振り回したいのを、ぐっとこらえている。真幸が、自分と同じ男だと思っているからだ。

仕事を奪わず、甘いだけの機嫌取りもしない。ふたりにとっての対等を模索している浩二の心根の正直さに、真幸は深い愛情を感じた。

どれもこれもが愛《いと》おしくて、この男に惚れてよかったと心から思う。

「五日間、そっちへ行きます」

「アホ抜かせ。一週間や」

真幸が譲歩しても、浩二はあきらめない。

「そんなに毎日されたら、離れたくなくなります」

見あげて本心を口にする。背の高い浩二がうつむき加減に顔を歪めた。

「俺のもんになれや、真幸」

「……あなたのものじゃない場所なんて、僕の中にはありませんよ」

「それやったら、一週間やろ」

いい歳《とし》をして、おとなげない。

真幸は笑って、くちびるへ指を伸ばす。こんなことを自分からする日が来るとは思わなかった。

「五日です」

真幸もそこは譲らなかった。自立していなければ、浩二のような男のそばにはいられない。真幸の心の問題だ。

「この頑固もんが……」

浩二があきれて肩を落とす。時計の針が進み、浩二を呼び出す携帯電話が鳴り響く。

タイムアップだった。最後に短いキスを額に押し当て、浩二は部屋を出ていく。

からかうように摘《つ》まんで引っ張られた前髪を、自分でも触ってみる。頭の中がぼんやりとして、真幸はなにも考えることができずにその場へとしゃがみ込んだ。

まるで恋人同士みたいな仕草だと思いながら、震えるまぶたを強く閉じた。

あとがき

こんにちは、高月紅葉です。

この作品はアマチュア時代に書いたもので、その後、電子書籍として配信され、なかなかマニアックに売れ続け、今回、改稿を加えての文庫化となりました。

いま読み直すと自分の『萌え』と『リビドー』しかない作風なのですが、そのあたりには手を加えず硬派なままでのお届けです。そして、文庫化にあたって、この作品も『仁義なき嫁シリーズ』のスピンオフとなるように加筆修正しました。そもそも、執筆した当時は『仁義なき嫁』の構想すらなく、悠護は別作品の脇キャラでしたので、時の流れを感じます……。すべてを呑み込んでいく仁嫁シリーズ……。

と、いうわけで、仁義なき嫁シリーズを未読の方がおられましたら、どうぞよろしくお願いします。

さて、登場人物について少し。

攻の美園。彼は、カリッカリの関西ヤクザを書こうと思って作ったキャラです。傍若無人で自己中心的で、だけどほんの少し『あかんたれ』な部分を残している、ザ・関西男。

かなりキツい関西弁に設定してあるのは、大阪の中でもこのあたりの出身で……というイメージがあるからです。三笠も同じですね。ささやかなこだわりですが。

受の真幸。元々は学生運動家そのものを書きたかったのですが、時代的にそぐわないので、それならひとつ下の世代にして舞台設定はおぼろげに……と生い立ちを作りました。彼の人生は過酷ですが、すべてをわりとクールに受け止めています。美園と同じく、生い立ちによって社会通念が『普通』とはかけ離れているタイプ。

いまになって振り返ると、「こんなキャラもこんな話も作らないわ」と私自身思うわけですが、そこに書かずにはいられなかった当時の自分が反映されていて甘酸っぱいです。

末尾になりましたが、この本の出版に関わったすべての方々と、最後まで読んでくださっている皆様に心からのお礼を申し上げます。

高月紅葉

＊夜明け前まで～仁義なき嫁番外～／夜明けを過ぎて：電子書籍『夜明け前まで』に加筆修正

ラルーナ文庫

この本を読んでのご意見・ご感想・ファンレターなどお待ちしております。**〒111-0036 東京都台東区松が谷1-4-6-303 株式会社シーラボ「ラルーナ文庫編集部」**気付でお送りください。

夜《よ》明《あ》け前《まえ》まで ～仁義《じんぎ》なき嫁番外《よめばんがい》～

2017年12月7日 第1刷発行

著　　者｜高月《こうづき》 紅葉《もみじ》

装丁・DTP｜萩原 七唱

発 行 人｜曺 仁警

発 行 所｜株式会社 シーラボ
〒111-0036 東京都台東区松が谷1-4-6-303
電話 03-5830-3474／FAX 03-5830-3574
http://lalunabunko.com

発　　売｜株式会社 三交社
〒110-0016 東京都台東区台東4-20-9 大仙柴田ビル2階
電話 03-5826-4424／FAX 03-5826-4425

印刷・製本｜中央精版印刷株式会社

ISBN978-4-87919-006-2